品卷一翔

精

栖身之所

谭莉 / 著

文化发展出版社
Cultural Development Press

图书在版编目（CIP）数据

栖身之所 / 谭莉著 . — 北京：文化发展出版社，
2020.11
ISBN 978-7-5142-3239-4

Ⅰ. ①栖… Ⅱ. ①谭… Ⅲ. ①诗集－中国－当代
Ⅳ. ① I227

中国版本图书馆 CIP 数据核字（2020）第 203128 号

栖身之所

谭莉 著

责任编辑：孙 烨
出版发行：文化发展出版社（北京市翠微路 2 号 邮编：100036）
网　　址：www.wenhuafazhan.com
经　　销：各地新华书店
印　　刷：唐山楠萍印务有限公司

开　　本：710mm × 1000mm 1/16
字　　数：200 千字
印　　张：13
印　　次：2020 年 11 月第 1 版　2020 年 11 月第 1 次印刷
定　　价：45.00 元
I S B N：978-7-5142-3239-4

自序：赤足站在时间对面

其实，生命的礼物一直是冷门。这一生所爱，隔着山海，太多的痕迹没有着落。写诗不是我生活的全部，却又不可或缺。曾经把泰戈尔的好句子摘抄在笔记本里，置于案头，一句“尘土受到了损辱，却以花朵报答”无数次治愈了我百孔千疮的心。我断断续续写着，借文字安顿困境中的自我，活得孤独、赤诚而真实。我一直坚信，悲悯才是诗歌的本色。诗歌是内心世界的真情流露，于我，更是沉淀下来的金子，闪烁着赤子独有的耀眼光芒。

是否照亮了一生，我不能断定；这微光的确存在着。诗歌到底是什么，我说不好，它来自灵魂深处的思想，具备意识形态的阈值，而有时间的回应，也彰显一个人的精神品德；它是分行，可长可短，意在言外，有时候像天使般可爱，有时候又像魔鬼，让你身陷囹圄。我的个人经历告诉我，一切的相逢只有到了一定程度，才会有感同身受的醒悟。爱与恨，开始撕裂，流泪还算轻的。至于写什么，怎么写，都要靠机缘，相信和尊重个体生命经验，并且学习处理这些经验，于是，孤独感袭来，摇晃着你，甚至压迫着你的心智，你不得不学会与孤独保持着一段距离，你必须从现实中抽身出来，客观地开始一种写作。

世间孤独如此盛大，诗歌不会是生活的全部重心，而庸常的生活需要诗歌缝补裂痕。于我而言，听从内心，才有了这些分行。在这个并不完美的世界，诗歌在很大程度上延续着一种悲悯。可以确定的是相对于我，颠簸半生，遇见诗歌是最深的绝望里最美的意外。内心深处，山河远走，岁月交错而斑驳，形成遗憾的时差，游移多地。与生命相似，从深度到长度，诗意的栖居都不是一个隐藏的部分。生命苍凉如水，悲欣交集，诗歌是人生的改良，生命的重塑，悲欣交集的人生剧本，我的生命在字里行间得以周全，哪怕要用一生去写一首诗亦不为过。这是我能发出的声音，以及隐约回声，在某种程度上，诗歌是人间的药引，尽管它所能起到的功效微乎其微。长路漫漫，季节更替，尽管诗歌式微，对一个始终匍匐大地的人，仍然是灵魂归宿的醒觉中通向光明的有效出口。

我的第一本个人诗选集《一个被搁浅的下午》于2018年9月上旬出版发行了，在亲朋好友的支持中得以问世。时隔一年，门前的燕子去了又回，树叶青了又黄，我的眼角又添了几道细细的皱纹。我年轻过，为生计奔忙，从童年剧情里走出来，周围都是栅栏。光阴兀自流逝着，我没有任何可以发现的线索去找到属于我的出口。我一度敏感而自卑，可是一旦进入文字的天地，我就有一种被呵护被关注的感动：这里没有分别心，没有轻看，没有有形和无形的高墙，我可以披荆斩棘，所有障碍自行解除。

对于我来说，写作的意义似乎来得有点晚。一直活在有形或无形的标签里。生存都那么难了，你为什么要写诗？很多人不解。在这个问题上，要回到活着本身。真正的我往往找不见，生活却一直在这里，只是我们被很多身不由已的障碍遮蔽，还没有回到生活本身。分身乏术的人生里，世间有太多真相被遮蔽了！尽管我在十一二岁就倾向文学。小学四年级时，王伏莲老师送给我几本用备课本装订而成的“草稿本”，嘱咐我好好学习，多做习题。我记得我把草稿本用来写日记了。也写了几首小诗，比如学李清照的“如梦令”写词，学杜甫写绝句，在乡村时，母亲吩咐我和弟弟割鱼草，我是很不乐意啊！为此还写过一首诗，题目就是《草》，大略意思是怜惜草的青葱，舍不得割草喂鱼……小小年纪，脑袋瓜子里装着天地大美，花花草草就是我的宗教。

小时候在乡间读小学，中学，课余干农活，几乎没有真正属于自己的空间。时间可以掩藏很多东西，包括青春记忆，包括永恒的绝望。总是当作什么也没有发生过，接受命运给予的一切。尼采论述的人性的，太人性的东西，我不想深入探究它们，海德格尔接过尼采的手杖早就深入其中。上帝死了，我们作为承受苦难的人，无法从生活中获得幸福感，那么，我们不如写出来这些细枝末节，以资怀想。

记得还在上小学的时候，就常常被语文课本上的铅字深深吸引，一个字一个句子甚至一个段落……都会拨动我的心弦。我感动于文字的力量给了我们生生不息的希望。什么是诗歌?

诗歌应该从生活本身生发而来，带着生命历程深厚的质感而发出微弱光芒。如漫漫长夜里的星火，有独一无二的灿烂。这微弱的光芒甚至可以从一个生命走向另一个生命，它不在生命之外，它在生命内部扎根。

或者，一个敏感体质的人本性就是如此。我喜欢萧瑟的深秋，爱山里沉寂的石头，爱挺拔的青松；爱山路上的蒲公英和野菊花。山里的野果也多，鸟类也多，树上挂满金色的果实，一个秋天，就可以有一百种写法。季节开始于春，收获的时间的长短决定了它的走向。秋霜比冷露还冷，当年母亲种地，整个冬天手指皲裂，我永远都无法忘记。一日三餐四季不都是诗歌的起源么？生活里那么多无奈之举，生离，死别，疾病，都让我们束手无策。至于其他的事情——物质匮乏、山高路远，形单影只，岁月如流，枫叶凋零……实在不算什么了。

在诗歌意境之中，除了唐诗宋词元曲，尤喜泰戈尔的长短句，哲思闪耀的火花，饱满赤热的情感，浸润着诗人的一生，每一个阶段都有它本来的面貌，文本只是它的载体罢了。

终于告一段落了，我回过头看，仿佛刚刚开始，关于诗歌，或者有被日子截断的危险，却从来没有远离。我一直在尝试奔跑，用自己的方式，用平生的力气；倾尽力量与现实对接，找到活着的勇气。从寂寥的旷野，到万家灯火，不论被什么绊倒，总会拼尽全力站起来，继续向前走。我的写作是艰难的，即便在僵硬的中年，我努力用一生去治愈童年；另外，我懂得我的道路与这个时代紧密关联，我并不是独立的个体，时代给过我很多烙印；我与另一个我是不可分割的两面，现实中的我、文字里的我是孪生姐妹，在朴素这一点上，相似度百分之一百，我们会彼此搀扶，走向开阔之地。

谭莉　2020.6.2

时间走着走着就慢下来了。这一路上，花开花落，春去秋来，连接着你我的，是涛声阵阵，芦苇飘荡，春山寂静，杜鹃于野。独立河岸经年，留下来一张又一张老照片，有的还清新，有的已经泛黄。就像一封家书，刚刚落笔。

可是，每一个段落都很颠簸，甚至无法连贯。有时候，我们是那个唱歌的人；有时候，我们是那个流泪的人。

——谭莉题记

目 录

第二辑　栖身之所

第三辑　岁月的沉香

第四辑　一朵花有一朵花盛开的时间

第五辑　五月手记

第一辑　路过人间

冷秋

在北站口
秋天总是来得最早
郴嘉铁路弃置已久
很多年不再看到从嘉禾
运煤来的车队排成长龙
两旁的稻田渐渐荒芜
像农历八月十五的月色
白月光下的离岸犹在
菊花除了入药，似乎还预示了什么

秋天的田野在某一天灿烂重生的绿意
渐渐有了感知幸福的能力
稻草人的沉默告诉了我们世界的真相
除了麻雀和乌鸦
秋蝉的样子也十分可爱
南岭的橘子树与之遥遥相望
去日无多，它们依然唯我又忘我
热烈而
体面地活着

覆盖

与秋山下一盘残局
是一件毫无把握的事情
流水很深
几个回合下来
树上的果实
就落了

一场大雪的覆盖
不可估量，往往笼统冰冻的程度
多日不用出门，几乎无法动弹
她吃惊于周遭寂静

每当父亲
背着一捆柴火下山
与母亲会合
他们听到知更鸟的合鸣
很像某种琴音

立春融雪的日子
乡村过节的日子
他们的女儿跑出来了
在山路上
采一些杜鹃花，那是真正
关于春天的消息

立春

到来以后

郴江湖水更清澈见底
故乡已经出走在千里之外，鱼群随水而动
春风一路往南，终于走过熟悉的山坡
不安与拘束如紫藤的新叶
纷纷剥落

时间总是背着风聚齐了那些
遗落民间的新年，以至每次我都有预感
春天都在意料之中来临，像女人与孩子
从不刻意隐瞒真相，她们相濡以沫
不像秋天过于苍老，却从不示人

此刻，橘红是很吉利的颜色
我的手已经触摸到崭新而
饱满笃实的喜悦：像橘生淮南
它们介于故乡与他乡之间
用错落有序的光泽
宣告一种结局

鹅肠草

我一直相信，有尊严地活着
是神性的
月亮便是我，茉莉从我心里长出来
被屋檐下的燕子来来回回
歌唱传颂，被雨中院子里的
蔷薇代替，开了又落，落了又开

死过无数次，四十年草木葳蕤
光阴柔软，如今我仅剩慈悲
因为我的不方便带给世间的不方便
已经不止四十年，请原谅我的苦楚
原谅我——从未屈服
我在春天又一次活过来了
三月的某一个早晨，只要一点模糊的绿色
便有雾漫山岚的情意
无端地汹涌

春天多么美啊
无法抵达慷慨陈词的神祇
尽管门楣很低，窗棂很旧，像无数次
听闻过的雷霆，目击过的闪电……
定格在旧历的新年，是门神，版画，宣纸上的春天
它们更像转身碰碎一地的坛瓷残片……

手中的绣线一根接一根地断了么
已经没有一幅画可以完整
近半个世纪的铺垫从来没有停止
它们此起彼伏打破边界的秩序
我很清楚我的处境：荒岛求生的幸存者
用没膝的积雪刻字存念
澄清自己的失误，找到衍射的光芒
穿透黑暗。就这样走下去
一直等到仲春时节
所有沉默的答案都会尽显端倪

还乡

有一种公认的谬误
是淅淅沥沥的雨水成群结队
从泥泞山路走到西河最北端
它们拂过你的脸颊和头发
预示了春天已经很深
野蒿，紫藤，马蹄莲泛滥
就要淹没春天的忧伤

每年的四月间都门可罗雀
布谷鸟奉命越过一道道山梁
它们替我数过无数遍白蝴蝶
仿佛也替我爱，替我生与死
它像它们一样整天无所事事
在油菜花开过的田野
划出有些危险的弧度，唯有它们
让天空蓝得更像湖泊

戏剧性的是，湖泊是另一种空
数十年的顺从，把该说的都说了
对我而言光阴比湖泊更深
生活依然沉重。表面上所有的
深蓝或浅蓝，及至透明如镜都那么美
那么多的美都值得怀疑。它们看上去很无辜

总是互相呼应，更像不惑之年
岌岌可危。只是它们来过的理由和出处
在人间从来不着痕迹

东江湖

试着走到最后
群山再次出现豁口
一个念想逐渐削薄
宽阔的湖面也不过时间中短短的一段
我们的半生年华留不住
哪怕是一滴眼泪
一面镜子前隐藏的深渊多么巨大
一些虚无从不会被轻易说出
东江 月色清冷
渡口岩石裸露的地方——
笼罩一场梦里的青草香
浆果甜蜜，裹住了一身薄霜

它们拿走了所剩无几的幸福

从未有过与宏大的事物对接的经验。譬如山顶、草原、天空……
譬如胡杨林、白桦树、槭树，譬如榉树、西部戈壁、撒哈拉沙漠
从未有过小心翼翼的心思被时间记住。我见过紫苏泛滥之后的空旷
莲花之外太多空旷。譬如朝露，星星的光芒，深处的天空。它们无时不在
自行攀折，许多潜在的危险显而易见，暮春时节，它们有自己的深渊
我是何等迟钝，已经不再爱了，在这个五月，即将到来的悲伤
充满人世，这一个特定时刻，孤独是稻穗的分蘖
在湘南，春风十里往往一波未平，一波又起
一路向东旷野无垠，清晨的车辙一直在浮云下行走
蔷薇的香气一直迷惑着爱它的人，可我不是
我不够快乐。只有天空无边无际，一贯蓝得不知死活
这并不是我想要的生活。你也并不是我要等的人
我一直在逃离时间的约束：太咸太沉的背负
一直在脚底打滑。一次又一次打算逃离春天
一次又一次打算逃离故乡，并且不说爱你
就在今夜，这让我步履维艰的乡村油尽灯枯，庙宇环绕
如海德格尔所言，海德格尔在众人之中获得了拯救，尊敬

我在。不在，即在，他在。时刻向死而生，这是我的获得
心疼你的透明躯壳。盛夏总会接踵而至吧，花朵开了还会
枯萎
只是觉得耳鸣轰响多日。有那么一刻我几乎什么都听不见
未来的道路不明，目之所及的云层深处的幻灭
步步逼近了春天——五月在我之后，开满莲花
只是众生皆苦，再多的繁花似锦又能如何呢
再多一次春天又能怎么样呢？这么些年
它们不过是顺手拿走了所剩无几的幸福
让我不忍苛责

我能想起来的一些事

在郴州，我能想起来的一些事
无非平常琐碎的事
村庄像三十年前的老井
一样平静，疏离，时间在流逝。偶尔一树
麻雀叫唤不停，新燕衔泥于旧居檐下
如山河之书。小满，夏至，芒种，秋分，任何
一个时节都这样。邻居家的乳鸽飞进了竹笼。雨打在枇杷树上
枣树就开满了花。想对儿子说明天我有空，如果
不下雨，周末天气好就陪他去打一场篮球。说到儿子
他太像我，率真，善良。除了血型。我几乎能想象
他在学校操场上健步如飞的身影，田径场上他又拿了第一
白色运动衫已经湿透。在一个美丽的季节，草地都那么美
生活的悲喜总是有的。他不说，我也不会提及。喜欢他告诉我
他的所见所闻，他的烦心事，他能想到的，他可能没想到的
这一生，我吃够了该吃的苦，吃不完的部分交接给了他
我在离他不远的地方看着他，仿佛连轻微的喘息都能听得见
现在，他长得又高又大，活得越来越认真，越来越像他自己
原谅一个母亲的心思吧。一旦梅花落满了南山，我们选择

原谅世俗的一切
有时候走近一棵寄生树，我不会想起过去。那是母亲所种，那么久远
还是忘了吧！在光线中被截取的事物再也拼凑不起来了
很多次，我看到阳光只到漆红的门外便匆忙折回
多少个深夜里，月亮只到一条落雪的河边打个转
一年四季唯有田野上的风将我的思绪带到遥远的他乡
……
除此之外，我不知道还有什么值得提起。拧亮台灯，秋风在窗前探访了我
朴素的事物总是被无端遮蔽。一个人的兵荒马乱。我的陋室别无他物，一些书籍
一些旧衣服。棉麻长裙几乎褪色了。透明玻璃瓶里总有枝叶一路向前
伸展，索性由它们去自由发挥。眼前这些细小的事物仿佛没有什么可比性
这些无关的事物大多数细微，光阴深处，树下的婆娑也曾乱了阵脚，无人知道
无人发现天色渐晚，旧居不再光鲜，我也没有更多奢望：今生已经足够节俭
偶尔有人沉着地拉起了绳索，这是夜色需要复述的事件

冬日

一路延伸，流水里孕育着月季，百合，茉莉，满天星
落日不偏不倚地路过云杉林。从上游到下游，冬天很长
月季，百合，茉莉，满天星与季节失散，悉数被放逐边疆
这些顶多算个小插曲！所有的落日只有一种豪放：用余生
浪迹天涯：铰短一头长发，围上花手帕，义无反顾地逃亡出生地
佛经上没有写过，随着流水矮去的女人最后去了哪里？
我所经历的死亡有过之而不及：茉莉的白永远纯粹
这是一个没有故乡的人仅剩的梦想：隔着地平线
多年以前的死者继续生，因为她一直走入生者的梦里
我与祖母曾经隔着时空久久相望，直到日薄西山，直到秋天出现
母亲就是这样活过来的，村庄随着流水浮沉更迭，冬日
似乎走到了尽头。这是我安身立命的村庄，母亲埋葬在这里
阳光在每一个角落照耀我，也将在多年以后劫持我
我还能怎样呢？除去生存，剩余的时间已经不多了
可我不能哭，我擦干净每一扇窗子，让阳光无所不至
没有阻碍。希望越来越少。每当冬天莅临，我盼着一夜白头
让流水分拣我这无处交接的一生，识别父亲和我
除此之外，我不需要多余的怜悯。怜悯之心都在别处
这个冬天就没有我想要见的人吗？确切说：没有。我所认

识的山峦
除了很久以前种下的栀子花、茉莉……十分茂盛（这些生命之美）
它们任何一类都像神谕，把我完完整整地交回到母亲手里
梦里有一回母亲劳作归来，像平常一样
轻轻打开了我家后面的木纱门，她很温和地
轻声问：“你在家么？我的孩子？
太阳很暖和，你怎不出去晒晒？你看——
我带来了一盆文竹给你放书房里……”
这好像是我童年的梦境——
书房很小，不多的书填满了一面墙
一盆文竹轻易就将一室寂静打破
这一天注定又要被我虚度得无声无息。这一天，我不再是我
西西弗斯有一生的石头要推向山顶，没有人会为他做证
自从我弄碎了那只美丽的酒杯，井水就干涸了：这是我的事
界线在哪里？设定目标的人一定没见过春天，父亲也没有
我没有他眼里看起来的那种逆来顺受，我远离人群，如果
我从未来到这世上那又是另一回事，如果我也并没有长大
你仔细听一听，会发现另一个孩子——藏在不为人知的角落，那时
我有整座茉莉山谷。我有磐石之固。余生舍不得浪费这一坪的温暖
即使视线模糊，有一件事情很重要，要找到一个真正的答案
这答案在山上。天空真蓝啊。山雀依然在苦楝树间跳来

跳去
它们落下了斑驳的影子，有些夸张，甚至让我惊悚。
桂花都落在我的外衣上，日头越拉越高，落叶知秋
仿佛我此刻的心情：要把湖水围住，基于我的残缺，这需要毕生的时间
秋山渐近，听得见针叶林的簌簌风声。或者，在湘南，这就是远方——
周围多么寂静，梦里挑灯，残月提前了一个小时
摆脱死亡的阻挠，历尽沧桑，为人间草木而生生不息
更多的光晕爬上了树梢，仿佛要提醒我一些事情，却听不见林间的涛声
时间给每一个造访者清场，为他们举着灯火找路，有些等待落空
日子被无意义的事情填满了。即便清空所有的邮件也找不到想要的回复
你看，清晨的露水已经折返，暮霭中的夕阳还在闲逛
其实压根没有什么好担心的——这个冬天还很长很长

一封家书

无从表述要对你说的一切
你走后，季节不甚明了
纵有春风江上路
一世繁花走过你的门前——
仍然打不开埋藏在秋天的话题
南方的天气潮湿且干燥，让你落下痛风
的病根，有一句话，允许我问一次
一日三餐四季，你还好吗？
像我们小时候那样的光景，我在你的背上
春风十里送暖，潮水阵阵涌来
你在回家的路上迷了路，最后搁浅不前
低血糖开始作祟，悲伤隐约作梗
亲人离你那么远。从午夜坐到凌晨
桐花簌簌落下
半夜大雨倾盆，我困顿于梦
你不见了，今生泅渡过河
你只能陪我半世（我想要的时间更长些）
你不见了，但我知道将来有一天
我们终会上岸——并且欣喜重逢。
春天凭空安排了一切：雷霆万钧
有开头，有结尾，没有中途
今生今世的告别还是来了
雪花撤回什么都不是最坏的事

山路旁的脚印十分杂乱，森林变得越来越近
越来越大。相对不可言说的危险
雪地苍茫空无一人

紫薇的告别

此刻有许多肃静的事物
在大地上长出了透明的翅膀

洒水车经过南岭大道
留下一张黑金唱片
一首“兰花草”，在一个被阳光
过滤得很柔和的清晨肆意飞扬
你带着我
追随父亲的芦笛，从司空见惯
的仲夏出走

远山的奔赴，长长的聚焦也会
从一个素颜以见的日子，开始
你翻着日历在数，让一切凝固成
蔷薇之蕊，雏菊之萼，紫薇之城
我端着一碗冒着热气的豆浆，走在回来的路上

香樟树浓密的叶子挤在一起
撑着一把青绿色的伞，在残缺的背景里
遮住一部分阳光，一切刚刚醒来，无须
多余地承受
路上没有几个行人
两棵树在交换低语一些长长的阴影

再有几天就要立秋
我恍然大悟
从夏天走过来的露水
一直在紫薇花的中央
可以持续很久

这个时代

这个时代是始于乡村的，旧居的土砖墙
舍不得浪费这奔赴天涯的橘红色的斜阳
铺满院子。双翅蛉咬断最后一根有些回味的狗尾巴草
铺天盖地的秋霜便拥有一种力量
将一朵花苞围得严丝合缝
那么多的浮冰日夜漂荡
遗憾的是从一个雨季
开始，我离开了我

整整三十年

小马的诗

小马不是一匹小马
它来自母亲的故乡
它有它的名字
叫“空值”
它还有头衔
叫“法度”
闭上眼睛
它只是一匹个子矮小的
黑骏马罢了
不到当值这一天
它也不会跑出来

光阴至此

提着灯笼找路的孩子
目光如星，闪亮着阳光般的光泽
田野换了行头，木头吸足了露水开始生长
一直有现成的框架使陋室显得洁净而又透风
光阴至此，新月的桂冠成了他和他们的故乡
谷粒与春风有了交集，大地种满了人类的星星
这些让山谷与密林纷纷染绿的
春泥摊开了温润的手掌，托举万物
所有如期而至的相逢开始
接纳阳光的仁慈
桃花红是雀儿张嘴唱出
来的，它们的自在让人羡慕
李花白是路过的云朵，我的哥哥还在
溪水旁写生，妹妹在山路旁采茶
他们都是我的亲人。来自我心底深处
茉莉花开都长出蝴蝶的翅膀
人生种种设定的片段
恰如一大片野生百合散发的气息
在一个适当的距离，窗前阳光正好
由远及近都是来自黄莺
清唱高歌时落脚的足音

日子像一次次告别

紫薇满山，栀子重看跌落
人间。一些转身在所难免。“一年蓬”
有了骨架，就像遥远的亲人
茉莉都是渡口，都是绳索，即便十分
艰难的事，依然要支撑着走下去
碎裂的白瓷拼凑它们不死的
肉身。地平线上的鱼肚白
能够看清所有的真相，直至匆忙
的每一个脸谱。一些枝条断裂
没有多余的夜色能把日子串起来
在某个下午出现不同的表情
此刻，满天星像风一样悬空
另一个事实，像极了动荡的人生
流水之上有一部分被剪辑
一场喧哗，阳光下的田野布满褶皱
像极了命运的一部分坚韧：清冷之中
多少存在之物不事渲染，它们
悄无声息地穿过熟悉的生活
瞬间随风而逝

尝试赞美这残缺的世界

茉莉如此亲近着我
循着父亲的思路，惯用飘零
充当我的表达，过去的三十年——
漫长的时光迂回
春天茉莉如雨，夏天也是——
我坐在原地不动，像久治不愈的伤口
太阳下山了，月亮升上来。生活范围不动
人生维持低温，并且延续至所有的时刻
一扇木门的红漆早已脱落，光线打过来
为一个挚爱的人出现，我等了一辈子
在郴州，我制造了空前的绝望——
所有的遇见里，用了大半生的时间寻找
一个诗人。茉莉如雨的譬喻就像提前
预设好的渡口，远离所有形容词
一场雨说来就来，说走就走，像一场旅行
现场的温度很热，很多人记住了这个下午
关于诗歌的本身，关于这个昵称
每一个人看到的会不尽相同
我的残疾显而易见，它不在诗歌里
更多的时候，也不在诗歌的附近——
的确匪夷所思。更多的时候是这样的场景
独自在窗前听雨，发呆——在磕磕碰碰的台阶前
孤独而寂寞，独自冷清，咳嗽，在梨花盛开时

掩藏足够多的情分
尝试赞美这残缺的世界

母亲，我没有带走别的

如果搬至别处，我不会
刻意做什么选择，湖边
或者山下

不会像燕子，临渊筑巢
为即将到来的新生命，不顾一切
搬运笨重的泥沙与草料

走近未知之地

我相信自己的直觉，低处的
事物，自有归途，快乐或者悲伤
往往生生不息

湖边常见涨潮，没有多余的
太阳，山下荒野
遍地，露水都那么安静

或许在一棵冬青树旁，见惯
清风明月，放下行囊
就可简单度日

这里的早春有很多地方

与孩提时候的情景相仿。左边
是山，右边荒草没径

母亲，我没有带走别的了
除了一些旧衣服，一些瓷器
和一些晒干了的草籽

七月的向日葵转成了金黄

低洼地势蓄满了水
一次次被蝉鸣推着涨到了胸口
说到生日快乐的时候
大片的向日葵开始成熟
雨中的花瓣洒向了故地
半生短暂活下来，我已经
用去了四分之三的余额
说到我的前半生
松鼠此时是一个很好的隐喻
跃动的身影在松子搬离树干时
让年龄顺势虚长了一岁
坚固的牙齿渐渐有些松动
骨骼跟着拆解成一截无实质意义的符号
重砌壁垒：只觉得羞愧
倾尽全力每走一步都毫无征兆地被退回

十年

从一个冬天到另一个
冬天，中间是一段不短
的时间。就像我亲手
种下的茉莉，从一株
小苗，分出无数枝枝条，穿过黑暗
然后重建它们的秩序。
花苞又一次开在枝头，仍有风声经过
每一片颤抖的叶子试图
用幻听的笛音竭力融入所有坚硬：
你也在和自己对话：在河流奔腾之前——
春天
你做了什么
夏天
你做了什么
秋天
你做了什么
冬天，你又
做了什么？

像布谷鸟一样
丈量天空的高度，天有多高
是一道不可测的弧度。雨水
不期而至，一年又一年

除却白发如霜
我依旧一无所有
如果细分剪短了的枯枝败叶
余生就是过去了的经纬

第二辑　栖身之所

栖身之所

你手里捧着花束，同样也捧着枯萎
几点雨落下来，这个春天退却的脚步
从来没有因为你来得更早一点，或者
离开得稍微再晚一点。怀揣着一生
唯一的请求，寒潮来与不来并无大碍
这条路，蜗居乡间的这些年
雨里雪里走过无数次，有时候倒退着走
云雀啁啾，默祷中的沉吟于此更甚。每当
雨季来临，天色黯淡得一塌糊涂
偶尔风吹草动，花落似蝴蝶，轻得不能再轻

五月的蔷薇架上，春风把它们的湖泊统统
放空，是多么不合时宜。这些流动让我
想起卢梭的一本书，找到一些类似
于生命的气息。但丁的《新生》也是
福柯的《规训与惩罚》
最适合所有的坚持：来吧，像茉莉花开
你不用忌讳：你递给我的眼神
我看见的，感恩过的所有的
隐匿，深藏的苍凉，和
绝望

浆果

采摘的时候——
难免破绽百出，鲜血直流
刺痛那些被看到的事物
面对大过于时间的虚拟
它们习惯以素颜的样子照顾你的思路

很多时候，荆棘载途被记忆自动甄别
蓬虆酸甜适中地长在体内的山林
没有人知道六月最后一天
来自雪山的寒冷，世间覆盖的苍凉
原来和母亲怀里的一样多

母亲在五月，有至亲，有热泪
某个凌晨，从韭莲开过的原野开始
暴雨乒乓落下的声音汇成
一语成谶的河流。唯有碧空如洗
我只能在恍惚的
光亮中沉默：如果夜莺的
呓语来自一个人，那个人只能是
母亲、父亲或者山路上
孩子们爱过的茉莉

诀别

秋天在行走中，一朵花开的时间紧随其后
玫瑰大道向东延伸，露珠像天空的反光
裸露的树干住着更夫，和前仆后继的蛇
很多花开得谨慎，一条线索被无边的荒凉牵引
这至少预示着另一种公平：防不胜防的
玫瑰，悬疑在某个人心里很多年
很多年了，我没有找到枞树的忧伤
三叶梅都是一种颜色，像紫苏的风铃
挂满了枝头。我也从来就没有
走出头顶上那一片海，深邃的穹庐
将一些陈年往事牢牢锁住。我知道来路
知道另一种诀别：我一直在爬坡
长长的山径，有那么多酢浆草
风往南吹的时候，母亲来过。她在等我
这些年都长发齐肩了，我走得很慢
我身上的素色长裙也
跟她当年穿的一模一样

唯有时间让我们选择怀念

天空有时候贴紧群山
像母亲亲历的过往，倒回去
数不清的明亮与坚韧
在乡下，天色尚早。从老井再挑一次水
东山的太阳才会跟着倒回去一丁点疲乏
咳嗽和檀香就像旧居窗前的一面镜子
一半光亮一半昏黄，不由分说
照见她余生的波澜，被陨石命中
断了的弦弹不出一首完整的歌
时至深秋，北湖毗邻的乡村
田野上成群的麻雀齐聚一起，都
在圈回遗漏的谷粒。饥荒的年代，穿堂风
吹近了故乡的葱茏，胜过祖母的白发
每当郴江的水域种满了青荷
莲花都有菩萨的心肠
让她挺直了腰板
四十六年随了父亲
春风只开了一季。往常
祖母家的米缸总是短缺粮食
贫瘠的田野收割了三茬
就可以过一个好年。母亲亲自晒谷
将一个个碗口瓷缸装满
也晒玉米，晒红辣椒和水煮花生

只是她那么小就失去了父母，童年在哪里
安生？她对她母亲的念想始终无望地
随着夜雨从容入土，世事反复
琐碎的时间让我们选择怀念
每天如约而至的青苔如此小心翼翼
箭镞总是紧随着春风，土壤被秋色包裹
父亲种的韭莲东一株、西一株地
撑开了半个多世纪的阳光
寒凉的雨水，从未走出嘉禾
父亲的口哨声备注了大半生的忧苦
也有几处秋雨绵绵的词汇，诠释着生活
再也走不回去的万水千山
和我们微不足道的幸福

清明

那条熟悉的山路走到尽头，草木繁盛
春天又想起你：云层归拢葳蕤
缝隙的阳光，从三月走到四月
椿树如此郁郁寡欢，笼罩一层薄雾
我想去的地方都很远。我爱的人
很完美，我真怕配不上他。这一天
群山之上有那么多无辜的眼神，像萤火在走
像十六年前的木芙蓉，俯首低眉，环环相扣
紫云英好看的样子一如既往
容留了所有悲伤。花房都很拥挤，像我的末日
我渴望重回母亲的子宫，真正与母亲
相依为命。一起被春风唤醒，一起
做回漫长岁月的梦，一起敲打陈旧的
屋檐和牙齿。手心拍到髌骨的时候
蒲公英开始漂泊，扫墓的人们
被汗水混杂的酸涩充满红红的眼眶
天上的亲人！不必给我爱，不必给我名誉
给我真理吧！雨很大了，我可以等一场
绽放，一直到天色黑尽。等更多斑斓起舞
习以为常的叹息就会重生它们的力量

郴州逸事

一直想要鹰的天空
我没有真正的草原
无望的人生给了我一季春风
我没有真正的翅膀
身在乡村的时间，每一步都荆棘丛生
有如候鸟的命运
身为女儿，我怕冰雹，怕失去怀抱
身为母亲，我怕黑，怕孩子的哭声
怕一个人困守在崎岖的路上，回不了家
田野下了一场雪，紫竹梅被扑倒。由远及近
接二连三地枯萎，又接二连三地长出来
一些新芽，试图紧紧抓住春天的尾声不放
再好的岁数也有它的局限啊，茉莉
不会开在深秋以后。青春也不过如此
雪花不会有雪花以外的定义——星辰
又怎么落入荒野的天空？
这样的问题自始至终我都无法回答
撇开浅处的寒凉不说，此刻，空气层层
剥离水墨里的每一寸骨头。要打起精神
拼尽全力稳住生活的重心：这浮夸的生活
这多余的阳光啊！很多年了，要谨慎
要警惕任何形式的流离失所，要小心
再小心，一朵云的轻，时刻都要保持体重

要俯身辽阔，置身深潭，甚至泥泞
远处的田野杂草丛生，天空低矮
屋檐旧了，江水从低处开始涨潮
没过我的脚踝，江水立刻白了
同时白了的，还有我的鬓角
一天天比江水还白

走着走着，花就开了

二十岁那年

关于爱情，我没有什么可说的
书里写着，有一匹白马困在了空旷的雪地
在一首歌里，这种沉重的消息总是与我无关

打铁的人手艺精良，他们的气息无法到达马厩
一大片草原间杂孤单的格桑花，为了安全过冬
它们年复一年地等待走失的马群

这个世上，万物的生长与死亡都有记录
适当的时候也会有奇迹再现
我们走着走着，花就开了

有那么几年，我总会在梦中与雪地重逢
也会在一夜之间跨越障碍，踏破铁蹄
直达春天。季节提前一个月转换一次
只见梧桐树叶一层一层地落下

二十五年一晃而过。与之前任何时候
相比
我的责任更重了。没有余地回旋

秋菊一片空白，淡化了远处的金黄
也将母亲的草帽勾出了柔和的轮廓
一切都来不及细想
我们开始新一轮劳作。一切都自然而然
那么真切的场景，从清晨的
山路一直向前延伸

村庄有些荒凉，我独自在土砖墙下仰望星空
无限的寂寥弥漫，紫色的星座正对着那座山

夏至

可是，春天迟迟不来
野花在埂上绵延地疯长
长窗外，和零星的光阴一起下落不明的
还有被遗失了经年的紫荆和茉莉
田野上流浪的季节仰起皱褶的素颜
仙人掌和大叶菊一样另类
在 1970 年的郴江河畔
沐浴晨霜，抵达雨季，独自芬芳
当我把我还给你——
当风干的花籽长成了手心里的茧子
落笔于下自成蹊的桃李无言
一个声音数度哽咽：
我从哪里来，要到哪里去
一直在赶往心灵深处下雪的故乡
我比 2002 年更勇敢，为每一个
朝阳再起的早晨所有的漂泊接风洗尘
无法回头去细数深秋，春天已逝
前路的繁花似锦恍惚夏至，茉莉被移植
你更像一束清冽的和风，为未来唤起
黎明的露珠
或者山路原本就是如此蜿蜒，曲折难走
或者田野上的春天原本就没有滞后
或者被干旱、被冻死过的土地裂缝上

小草压根也长不齐
我的道路从一开始就
斩断归途，假如换一种活法
我不会
比鲜艳盛开在竹篱笆上的牵牛花更坚韧
比村头的大腊叶树更老，更硬朗
比一株茉莉更矜持，不会比家门前
那棵经年累月的常春藤更富有
比当年父亲亲手种植的桂花树更海阔天空
更张扬
在十八岁那年南下海南
二十二岁的时候考公务员
三十岁以前奉子成婚，找个和我
一模一样的人，把自己从娘家嫁出去

无题

一枚小小的邮票
从一扇窗里看得更清楚
它的来龙去脉必定大于天空
属性不移地沉默而固执
在方寸里。说过的冰心一片却
不倾国不倾城
青春泛黄不堪的残叶留不住一寸光阴了
晨风迟暮的田野荒芜着
小草仅剩的一点新绿
也住着蠢动的风声

若能生还，谁又会在乎荆棘的远方
很多片段里，雾散的时候，我看得见
对面的岸
波光一直在晃动
从头到尾，我不过是一个笨拙的摆渡人
时光苍茫邂逅的不过从此岸到彼岸
今生不见苍苍横着的翠微
丢失的履历无从查考，时光的信物如
一幅模糊的静物
让人伤心

答案

半个世纪的追寻
此刻已有了答案
日子是真实的，像野生的青苔
九月，在一轮满月里铺陈
茶水正好，不温不火
我们在月光下沉默着
抱紧自己的羊群
往山头赶。秋菊依次开放
它们的倒影
有轻重缓急，有光亮与阴影
捂着心里的果实，一些事物开始降落
一个声音在殷殷询问：你在吗？
似水流年的日子里，你还好吗？
而我满怀希望准备回答的，秋天
已经替我作答——

最初的下午茶

二月就开始喝了
自从走过了春暖花开
无数次打碎了梦境的龃龉
一个寒冷的季节曾经无数次降临
父亲用宽厚的背挡住
坐在自行车后座的我
我只手握着盛了茶的暖杯子
一直发慌
我总会暗暗在手心里捏着一把汗
“你还好吧？”他偶尔会问我。
我的睫毛不知什么时候结了一片水汽——
我无法搓手哈气，为了不让父亲担忧，我
每次都回答他说：“我还好。”
他全力以赴在爬一段长长的斜坡
很想对他说：让我自己下来走吧，爸爸
你可不可以牵着我的手
走在落满露水的阡陌上

他用芍药入味的生活
有无数时候与我有关。桂子熟时
落地黄，金银花爬上了竹篱后
露天的茶有了更好听的名字
早秋和暮春被木芙蓉和栀子花分别占领

山色空蒙。多余的时间经年磕磕碰碰
海棠与茉莉都会与我相见
这是多么刻骨铭心的爱

故土难离是最后的谶语。到那个时候
它们一朵一朵落入小米粥，炽热而沸腾
它们一点一点地融化，像一阵风
落入波澜不惊的池塘
落在更远处的山冈
最终变得语焉不详

给你

我胸怀中唯一的，可以抓住的蓝
云层中纯净的唯一的湖泊
属于你的那一部分，蓝得令人心惊
湖泊是多少人逝去的青春
随手一捧埋伏了多少山脉
而三十年以后我坠落的地方
布设了蛇口，庄园里早已杂草丛生
我知道的江湖纷扰任谁都逃不掉
每一次相搏都是致命的啊！看，漫山
遍野的茉莉花
开得如此静美。她们象征死亡
立秋了，然后是处暑
这里有你的天堂
这里有我的人间
这里荒废得那样彻底，可我不能追问：

为什么
一路攀爬，处处茉莉如雨
都长在南方的屋檐下

赞美

他不可救药地盯紧自己
把正常的人生倒立起来
从此，他不再属于他相濡以沫的妻子
弃婴的一生也是他的预谋，提着琥珀之剑
相形见绌的时候他找一处僻静的湖边隐居
除了挖土种地以求自保，他无从打发时间
他把自己也当成累赘：日落之前，持斧伐木
的工作一直没有多余的意义
他需要提着自己的脑袋去见上帝
而且毫无愧疚之心。这简直不可思议
换了是我，我要把这一切再倒过来
我们所向往的生活大多被修饰过了
忍冬的花期一退再退。淤泥里的菱角还未成熟
你可以赞美瓦尔登湖，可以埋没一生的光阴
但不要赞美梭罗
你也可以赞美抒情，坚强，在一个被搁浅的下午
但不要赞美我

北方给了我一场雪

——兼致诗人董喜阳

路过北方——印象中下雪的田野，被蒹葭覆盖
我爱这样的低温，也爱这与生俱来的皎洁
印象中你的文字温润，印象中你的名字好记
2016 年的 3 月和你北方的故乡重叠，气候微寒
时间的刻度多么富于戏剧性，温度逐渐递增
我在湘南的一个小山村寄出一份最远的邮件
关于诗歌，文字理想，和一地鸡毛的生活
时空的隔离像一枚将要成熟的浆果，愈久弥香
一直在努力做一个行走的人，带着个体的温度
而雨水之后，春日迟迟，卉木萋萋，人间草木周而复始
这个貌似寻常的中年，几乎让我忘了自己的存在
2018 年的冬天我依然忙碌不堪，用卑微的身份
茉莉，百合，梅花，一次次挽留一场洁白的雪
一如柏树下那可贵的金色："心中有光，就不会觉得冷。"
一切都那么真实：生与死的色彩涂抹了整个田野
想说感谢你，心中有诗的人，我却不善言辞
一直想织一条绒线围巾给你，可日子那么短
直到 2019 年盛夏，到处都是茉莉的影子
才开始重写这段文字：面对茉莉花开——
接近三十七度高温里这唯一的清凉，我忙于
煮一壶茶的过程，充满了虔诚：决定用青花细瓷碗

分取茉莉、车前草，玫瑰或者前半生碰碎掉的时间
许多日子都走失，再也找不回来，我也找不回原来的我
且把北国与南疆的月牙白，分别装上故乡的山水
寄出这诗歌里的春天，如香樟树冠一样盛大
仿佛有千顷波涛，有信鸽在等一次见字如面
等拨出去一串号码的最后一个数字，最终
被我收回。孤独是我的真实，生命中的仪式感不一而足
沿着铺垫鹅卵石的小径，绕过简易书屋窄窄的漏光的墙
——细数眼下如琉璃般的光斑，敲击出只属于庄稼的喧响
田野上盛开着油菜花，离我最近的燕子孵出来无数的光阴
一个被搁浅的下午落入田野。山路变得泥泞。风雨欲来
我喝不下一杯浓酽的咖啡，从来不会光顾一家咖啡店
而大多数人生预设的场景一次也没有出现过
一封信未免流于简单，很多想法一一被我否定
到如今我什么也没有铭记，冬天被抽离出去后也没有寒冷
北方给了我一场雪，多么辽阔。我能给予的总是那么少
我甚至不能给你我的乡愁。我把所有的想法藏起来
在茉莉盛开的角落，五月遂有了千丝万缕的光线
用时间支撑的果实终将成为星辰并收藏于月光宝盒
有时候真的觉得茫茫苍生，诗歌是唯一的平等
生命不再匮乏任何。时间在时间之前醒了
在季节性的倒春寒里，乡村总让四月的稻草人把守
我试图丈量一生——北方的雪与南方的雨多么相似
都会提前告诉我期待已久的温度，也不用渲染
这人生的虚无，大半个世纪的距离还在：
没有太多眷顾，人世间有无数道关闭的门
一切都那么沉重。肩胛骨深深的勒痕还在

我的背包里装满了尘土，我的背包里
茶叶很多，坚强并不能够抵押生活。我相信对流层
的霹雳只会盛于南方的雨。只要彩虹还在
这残缺的一部分，隐匿很深，我相信这个事实——
那么多的日子，那么多的词语，那些从未到过的地方
也装在我的背包里——
春天从未遗漏半点风声
地衣散发着润湿的馨香
盖了杉树皮的小木屋兀自沉默
可是你的笑容多么灿烂
这是我亲眼所见

读《小径分岔的花园》有感

高温黄色预警多日
不可能在所有的时间
都有很多条路通向远方
可以对接到
象征主义及其虚构的部分
一个唯物主义者也和我一样
为了避开边缘锋利的巴茅草
选择绕行或直走
选择迂回
挪移

花园十分热闹
盛开有多种路径，凋零也是
美貌都是假象，像眉宇间
的那一颗朱砂痣。剑鞘脱离了剑柄
变得更轻，沉默就像金子
为了真正思考有关
堂吉诃德的遗迹和荣耀
让更多石头堆砌一条河岸
你需要把手放在左边的胸口
控制住血压。为一段时空默哀数秒
用数倍于时间的悲伤
回应博尔赫斯留下的一首诗

等

她看见一树花开
在星辰满天的夜里粉黛尽失
栀子花雨如印鉴里的一份契约
证明过往与未来，那时春天还在
死亡很近，露水清凉像她的眼神
一眼望得到永世的别离
手电筒的微光隐隐约约走不远了
和傍晚的忐忑不安融为一体
她手心冰凉，她开始流泪
他在心里默默为她祈祷，此刻
时间的长短已不重要
整个夜晚的死亡气息加重死亡
让一个没有田舍的人
搬运着地球
需要时间。空中萤火闪烁
她无法触及它们
她的孤单是必然的

成全

多年以后的村庄被一场大雪覆盖
旷野中，丘壑间，随时会出现一条蛇
蜕皮的疼痛不会阻挡它筑巢、隐匿
闭关、孵化和冬眠。此生没有可以认领的对象
我们抓不住一条蛇，听力往往四分五裂
笛音总是隐隐约约来自更遥远的山外
母亲离开了很多年，这些都是我必须
独自面对的场景：落了雪的冬天，危险多于平静
那些明天呢？那么多日子都与郴州有关
你只会从旁路过。或者只从省道路过，然而你说
郴州是个好地方，是山清水秀的地方——
（这一段话至少是对我的出生地的由衷赞美）
就像我们常常习惯的对祖国的赞美。可是
我们抓不住一条蛇，一张白纸空无一字
一旦被确认是温暖的，无限的时间有了起伏
这世界上太多的背负都与灵魂相左
见证了世间的悲苦与孤独，你也在其中
一个被搁浅的下午只是我一个人的包袱
相对于我的动荡，你是整个世界的安稳
万水千山是有福的，你的笔墨里都有
我是有福的：我做了一回自己的上帝
天堂里的母亲是有福的，你深爱着她：
看得出来，这一生，你在心里为她垒起一座坟

我也和你一样，在心里为她立了一块碑
我们是怎样流落人间受苦，身不由已
只有她知道。我们抓不住一条蛇——
断尾求生的年代，咬紧牙关，你深爱着
她给你的身世。贫穷和富饶。荒野里开始下雪，我
追着一束光，差点冻僵在半路上
差点迷失了方向：我一次次路过人间，都
对春天多了一份认同。想和你说说乡下
孤独的影子打在地上，相遇是一种凄美
尤其像我这样濒临深渊的人，空有一块花手帕
我们有幸都是人子，辛苦走过这一生
从来没有偏离生长。霜降以后被秋草覆盖的光阴
比黎明的露水还要多。如果靠得稍微近一些
茉莉更白了。这一生，我们抓不住很多东西
每当新的粮仓占领了它们，边界十分明显
寂静的村庄有漫漫的长夜与永昼，一路成全
每当麦子收割完毕，立秋以后的日子都是未知
生命之书过早尘封。可以确认的是
为了这简单的山河
母亲早早在人间

给了我一身打不破的枷锁

无名之辈

到处是荒芜
你说，诗歌已死
流落他乡的诗人都是无名之辈
你说你是，我也是，他（她）也是
集贸市场熙熙攘攘各色人等在哄抬物价
都戴着不怎么引众人注目的灰色帽子
这些原住民腰带上垂着的流苏过于简单

诗人的眼神迷茫而空洞，皮靴上缀满铁钉
草地流于形式主义。海贼王只是一个主题
众人蜂拥而至都在等待大事发生。八月
我刚刚回到现场，人潮已散
只看到一地的笔墨纸张
乱糟糟地被风吹得
到处都是

读《少年维特的烦恼》有感

在乡村
我还爱着这份勾勒
我凭借想象记录这份甜蜜
窗前的无花果都是未成熟的苦涩
石斛在冬天微笑，你满怀希望出去
天气寒冷，给她采摘鲜花
为没有采摘到而悲伤
薰衣草分散在世界各地
怎么躲都躲不掉
以至于幸福让她期待得太久
盘起长发，守在窗前，等得眼睛都花了

一种永恒令人悲伤：春天盛大
阳光只是空前的酒肆
她竟然喝下去那么多甜蜜
在乡村，少年是一个动词
当她念叨他的名字的时候
她有过很多美好的想象
不是境遇悬殊太大或身份太低
不是门不当户不对
作为爱人，如果他是维特
他的病容源于破碎的心
他的灵魂被雷霆击中

他有掏不完的火种
在反复咀嚼的命运山顶涅槃重生
这些具体的事物缺一不可——
他会写温暖的文字——
在分离的时刻，有雏菊的涩味
她刚好路过绿草如茵的河畔
槐花开过的美学也在
每一个字符都与她有关
她是绿蒂，就有了可能

后来

后来，栗树枝繁叶茂
与木槿并立老宅门前
仿佛父亲和母亲盛年的光景
后来，水泥硬化了荷塘边的黄泥小道
很多人从这里走了出去，春山开始空置
后来，母亲在风雨中瑟瑟发抖
乌云散落后都是潮湿的面孔
她湿漉漉的发丝滴着水珠
一手搂着一个孩子，给他们仅有的食物
她一直望向大青山的尽头，白云深处
有她再也回不去的故乡，那里还有她的亲人
后来，没想到春天会提前
面临逐渐坍塌的命运，而她分身乏术
后来，时光只会越来越老
越来越远……树犹如此，仿佛
母亲藏身之处落满了果实
父亲还伫立风中，横吹短笛
阵阵秋风起，树叶已落尽
谁能告诉我后来的事情
后来，我的问题剩下一个：
母亲，你在哪里
母亲，你去哪儿了？

读《霍乱时期的爱情》有感

九重葛重叠以后
确认形式是必需的
整个七月，她献出了她仅有的贞洁
醉酒导致她自投罗网，路过他居住的城市
说好以一本书为信物，不论谁写的
不用折柳，献花，看电影，喝咖啡
她压根也没有找到她想要的暗示
马尔克斯或莎士比亚有什么不同
他是风，她便化身为尘埃
她开始刨土，掩埋衰老
她的秘密基地被连根拔起，他应该懂得她的心思
她一直在想，他什么时候会出现
她的手已不再纤细。她的关节钙化严重
视力模糊。眼角有了皱纹。她也有光滑的颈项
柔和的声音，清澈的目光。现在，她的手心冰凉
目光犀利如电。她打心眼里祈祷
王子与灰姑娘再度重逢。老套的剧情里
他手里拿着一件容器，装着隔年的雨水
可以是《浮生六记》或者《飘》所写的剧情
也可以是一捧鲜花和别的什么东西
但绝对不会是她的诗集——
诗歌太直白，味道太苦
一首诗读完往往就是一生

腐败的落叶会掩藏四时的棱角
及至每一个犄角旮旯。她能想到的少之又少
世事无常，他能给予的总是出人意料

栅栏

母亲从高处望向我
湿地开始起风。
草木之间充满了不同的信息
清晨的山脉保留了最后的视野
一一被秋风钦点。幸福由来空旷
父亲立足的草原上昙花渐渐合拢时间
栀子白得多么彻底，倒映天空的蓝
关键的时刻，绝望总是命悬一线
从无到有——栅栏像极了某种寓言。
惊蛰已过，母亲还有谷雨，秋分
用尽大半生，母亲守住了一生的
清誉
于她而言，半生富饶
半生奔波，半生儿女
终抵不过父亲的沉默。
余生山高水长，她重新寻找丢失的素尺
在回去的路上，要找到开满杜鹃花的山坡
种了刺槐的院子，和藏起来的抽屉
栅栏是唯一
清晰的地址

五月辞

晴空万里是很久以前的事了。雨的印记

被一辆马车带过来。深深的印痕
一直在那里。我们沿着依稀的车辙
走出山外，也走出了原来的青葱

树上没有一颗果子。一些繁茂
覆盖了从前的伤口
让一切理所当然的事物变得陌生

五月的一天，走在寂静的山路上
像往常一样，没有人经过。
折回去的路上，也没有风

第三辑　岁月的沉香

一根白发

梳头的时候，在镜子前
我发现了它。在如瀑的黑发中
掺和的一根，显得如此不合时宜
夜深人静，倚窗远眺，月色似曾相识
多少不愿提及的过往浮出水面
触痛我的某个时刻，晚风总是会让我流泪
而让我流泪的某个人，他的衬衫洁白
他的秋装因为松散而显得臃肿
他有一千次向我走来，过去的一年
黄叶落尽，所有我失踪的消息
如果被他知道，他会不会也流泪
我对此毫无把握
哦！我是如此害怕苍老，害怕
这一根白头发会不停嬗变
直到失眠多梦，整夜不能安睡
那时候，一个童话将提前结束
一杯茉莉花茶泼出去
就能让我孤独终老……
我的乡愁始终没有着落：还没有找到归宿
头发怎么就一夜变白了呢！
它是从什么时候开始长的？
它一直在那里提醒我什么
仿佛空气里弥漫着苍术的气息

我下意识地抬高了手臂
要揪出它来对质
一个声音对我说：
白头发千万不能拔
拔了又会长

沉香

斫木的人总是把脸蒙住
去接近最初的荒谬。竹林七贤不知所终
荆棘往往盘结成大叶紫薇的样子
足够让人迷惑

时间被他一再打磨，他的眼光犀利
见血，见肉，见骨，见天地
直至流年死亡。他小心翼翼拂去尘埃
他如银杏树的一生也清晰可见

十月手札

十月有那么多茉莉的留白让我动心
棕榈树深植了大半生岁月，丰收在望
仿佛我和我的祖国的关系，彼此依存
那么多绿叶的屏障隔着江水和群山
茶水沸腾，在一个普通的日子氤氲
这一天，有那么多诗歌的栅栏一一打开
我去见认识或不认识的人，他（她）给了我琴音
也给了我足够的信任和等待

我看到蓝天，东风，刺槐。太阳上升了新的高度
每个人都在行走，他们眼里的星子也不停地
闪烁着光芒，他们的背包利落
感谢你，南岭大道公交线路上奔波的陌生人
愿意帮忙把香樟树叶的影子带走
把我的轮椅折叠起来，放到后备箱
用雨刷把风挡玻璃擦得雪亮
让我看清前面的紫薇还在盛开
木槿休眠半个世纪，呼声也喑哑了半个世纪
祖国在我生命里是一个刻入记忆的深湖
可以具体到故乡，来路四十年，光阴不停摇摆
语言从略。有歌声随着笔直的树干
高耸入云。桂花尽情开过，不曾枯萎
我的轮椅在转，一圈，一圈，又一圈

春天已远，走过隆冬，我信任的花丛
仿佛熊熊火焰。那是玫瑰的底色
对生活足够地赞美。现在

孤独是一条冰河，解冻之时
当得起所有的赞美——
当然，也是我对祖国的赞美
仿佛锦绣万里的祖国
给过我爱
九百六十万平方公里的沃野
给过我繁花
穿过高过体温的热流，清凉从内心涌出
我不需要多作解释；当我仰望幸福的时候
生活有它本来的面目：长江也有它的流向
五岭葱茏保留着原址，喧哗世间空出了草坪
在故乡，我知道我的位置，在它的中心
就是咫尺之遥的旋涡，就是天涯
这一天蓝天可鉴，紫薇千朵
而我，必须为此好好地活着

证词

梅雨因为梅子过渡成梅雨。这里是夏季气候特征
只用力拍下去，蚊子瞬间逃逸，没抓个现行
以至于一年蓬旁落于此，多数时候无人问津
我最爱的秋天被引用到各个角落的地底下蛰伏
由一头牛牵引而来的根系，又由一只蝴蝶催生
它们的花朵。我不止一次走过记忆中的山路
有时候背靠着一条大河，有时候孑然独行
有些刺骨的寒意总会让我难过，零星的小雨
直接地落在我的发际和浅灰色的裙裾上
一双 37 码的帆布鞋就这样被打湿，直到陷入
季节很深，成为过去五月的证词

你有多少绿意称得上爱，像无名指上的指环
给我一个循环往复的期限，一年时间不算短
谁不是每一天咬紧牙关抱紧沉重的翅膀?
桃树坚持它的宿命论，到我这里，四十年的光阴
越走越薄，越走越轻，相比粗犷的大地谁能看到它的轻
一年蓬作为上衣对襟上的湘绣更容易被记住
很多人并没有想到用它们驱赶蚊子的袭击
仍然是最好的办法
用它们还原人间的良药对应种种疑难杂症
是最好的途径，谁不想没病没灾呢？它们谦卑一生
更没有谁赘述它们的来龙去脉，莫名其妙的标——

它们说它们在黎明时分绿丛遍野很好辨认
还有同它一样卑微的承诺与身份

劫后余生往往让人心存忐忑
然而它们被重重收割以后
再度长出了全新的枝条

东江是一季流动的水

进黄草，出黄草，一年四季
兜率岛的风声不停地拍打决明子花
云层变幻万千，一千匹马倒映在东江湖上
与滁口的浪涛混合，白廊在低处沉静
天空包围了它。我想起资兴，无须赘述
百万大军驻扎于此，风餐露宿，改天换地
夕阳西下，水涨了，船靠岸了，峥嵘岁月
揭开了她无比神秘的面纱。每一个冬夜
静观天象，时间一直在塑造我们
像坚硬的果核住着昔日，潦草的防御工事
可是，我们终究败给了时间啊
度日如年，像湖里的野兽呼吸着耒水的前世
背景里颜色模糊，一些芳香的事物，丰腴又背离了春天
有人来了，扛着大旗与锄头，草，甚至苦力
烈火七月令人动容。未来是有期限的
生命的异议杂质丛生，东江像一季流动的水
滔滔不绝地经过重重荒野，蒹葭苍苍渐老
那些沉淀下来的果实不再有被剥离的危险
它们的褶皱刻在一座无字的丰碑上
它们依依不舍，万般踌躇
它们渐渐长出了祖母的慈祥，一个一个
被天真的孩子捧在他们的手心里

西河

如果仰望幸福，就去西河
一个春天的梦也与它有关

如果要仰望幸福，就去西河
我算过，途经郴州的路数西河最远
如果说西河的马厩有无数匹黑马驹
这并不是什么稀奇的事——
我闭上眼睛就能听到它们的奔腾
良田千顷不及水流山转，从最古老的开端
开疆辟土的勇士头顶着桂冠
那时候还没有你我，天地一片混沌
森林总是人间埋藏最久的光阴，向日葵也向
低于尘埃的流水俯首：何况你我
我们生而具备自我愈合的伤口
快乐总是短暂，西河也会老
移动的年份总是那么逼仄
莲花山是众生的福祉，山下良田千顷
桐花易落，遇见就种一棵
心中向阳的人是有福的，谁没有过痛苦
怀揣泪水和爱，舔着锋利的刀口
舞蹈？谁没有向着日出的方向
张开双臂，用力奔跑
用前半生播撒五谷

用眼泪汇成河流
身披静谧的乡村月色
我追赶父亲的脚步
一刻也没有停歇

小溪村

我不知道的小溪村在石盖塘
是有故事的。小溪村一直就在
深山密林里藏着，在石盖塘
美成了一幅晕染有致的国画
那里有陡峭的高山
和最淳朴的水
白石仙岭巍峨险要
被山保护着的神龙佛像在打坐
野花供奉群山，阡陌纵横，小溪村不穷
多少人想奔它而去，要提前退休
静静地拥抱它的固执，它的陌生
雨水丰沛的时候，彩虹横跨春山
山楂结籽了，野生的蕨类植物那么丰富
谁说乡村是回不去的故乡？三年脱贫是真的
他已经来了，叶正飞，这个有着 17 年军龄
铁骨铮铮的汉子，立下军令状
奔着一幅改天换地的蓝图
撸起袖子就来了
他住进了山里
带着一腔赤诚
对脚下这块温热的土地
深深地鞠了一躬

（人物素材来自《郴州日报》全媒体记者谭洁的一篇扶贫报道。）

你好，郴州

终于写到我的出生地
郴州，这名副其实的“林邑之城”
在我眼里是绵延的青山，迤逦的水
郴州，这让我熟悉又陌生的地名
写满了密码，屹立的岩石冷却
总有它的原因。很多年以前
亲人的感觉还在，时光险些走失
冬青树一年四季地青葱着
祖父曾经回忆过往事
祖奶奶离开人世的时候，天在下雪
门前的无花果等不及开花就青黄不接
孩子们喜欢往山里跑。而父亲告诉我
母亲从嘉禾远嫁而来
和父亲一起拼命挑起了一家人的生活
这相依为命的一家人蛰居乡下
阳光从未走远，暖暖地照在我的身上
南岭大道的前身是村路，很窄
小时候割鱼草的经历让人沮丧
郴江河畔的荒凉就是一幕活生生的剧情
乡村常常使我哭泣，那时候
让我动摇的瞬间是之前的陈旧月色
而重生的紫荆
如苦楝子树一样长成了参天之势

板栗树结了毛茸茸的果实，年轮在树下缩小
半个世纪就这么过去了，河边种上了柳
紫薇眼看着泛滥成灾，要淹没时间的无涯
我站的地方，是今天的南岭大道
往北是长沙，往南是海南，城镇化推进
高楼林立，田野被填平，世界比以前更寂寞了
推着小推车的年轻的母亲，散步的男人
戴头盔的骑脚踏车的少年
都戴着五月的手环
没有人提及梦想，诗和远方
我们知道，不论怎样，离开多久
我们都会回来，家乡是有根的
一定会在深夜的梦里，呼吸生长
敦促我们放慢脚步的地方
有时候叫郴江
有时候叫郴州

我的祖国有茉莉也有矢车菊

我的祖国有茉莉也有矢车菊
它们习惯于无声无息。群山褪下冬雪
作为祖国的一部分，春天要从一株茉莉
开始。孤独鱼贯而出是我的一部分
将接骨草捣碎，走进它的内部。形成新的认知
苦涩的幸福包容我，供养我。我生长，也枯萎
想到我像极了人间草木，一季一生。秋风是我
其实云朵也是我
北湖种满了荷花，仿效濂溪书院的样子
月色在这个时辰不由分说地波澜壮阔起来
海洋在我的胸口。隐藏的潮水裹挟着所有期待
赞美的语言都变得多余。祖国的边界在诗歌里无限延展
这是我见过的最深的冬天，要迎面桂子的金黄落地
和人间所有艰难
母亲放不下她的尘世，她的双目视物不清，她依然在种
茉莉
作为一种福祉；像陶渊明那样，迎面叶茎浅浅的绿意
这里是郴州，季节那么低调而内敛，仿佛种花人的秉性
父亲般宽容，怀柔，爱，无时不在，却不纠缠

我和茉莉可以是同一个人，我和矢车菊可以联通所有信息
我们同属于一个祖国，步履不停地走到了向阳的高地

我不在家的那几天，朱蕉垂首，梅雨纷纷落满我的眼睫
一种无间的距离，让日子端庄。一种亲密，无异于一场情深意重的表白
祖国是如此辽阔——
在西河源头，五址坪下，南岭大道我走了四十年
这林中之城，我已经多年没有一场不告而别
那么多应和映山红的春风，不会紧张我的忧伤
当最后一瓣茉莉凋落的时候，天空扯起一架竖琴：
七月，河流湍急的回声并不比一座秋山更孤独
于是，时间停滞，我们的眼睛湿润，耳根发热
春山在那里：母亲的眉眼有这么一抹如云的凛冽
秋声在那里：祖母的笑容有这么一霎如霞的锦绣
一场暴雨过后，生活总是短了那么一截。铺垫了那么久
仿佛一掠而过的雁羽上承载的阳光，分明有年复一年的坚持
岁月步步惊心于一朵雪花的轻，和一树梅花的老，堆积于我的案头。
把盒子重新盖上，我看到她要离开，但不会走远。她把心放回原处
她的脚步磕磕碰碰，愈来愈沉重。而沉重拼接出的意义是她的全部——
她已经不再年轻，石斛一样多情，赤诚，焦虑，在雨季将来临的时候
作为一个女儿，她要守住通向春天的道路，守住赞美
守住栅栏，这最后的堡垒

女儿辞

不只是为了爱，玫瑰才高举灯盏
不仅仅为了世间的哀伤，用圣洁的信仰
引导春天，用毕生所有建立收获的季节
噤声的往事和负累都来自她
精心谋划的孕期，看多了蝴蝶在怂恿乡村的苏醒
枝头攒动春风喧闹的诗句，及笄的少女
在众多的词语中，唯有她特有的柔和
安定了一池秋水。她是博爱的
思念越过北风撤离的河岸
把一地的阳光揉成了星星的脸庞
春天与秋天开始交接一些秘密
总有那么多青春贯穿于世间
以母亲和女儿的名义
她们胜过了桃李
用云一样多的白发
给了我们无尽的天涯
并且以黑陶的瓷釉铭记，前世今生
的别离。横塘上的鸟窝
即便是枯萎，即便如一树槐花
飘落，所有的幸福
每一段开花的道路（茉莉或者杜鹃）
每一寸肌肤都是完整的
丰年的寓言。雨水来自怜悯

也来自被爱。紫砂壶盛满祈祷：
满满的珊瑚红啊！如敲钟人守着
轮回的夜色和黎明的清凉——
她听见回声，来自山谷和心间
她在春天成为他们仁慈的母亲
并且为她的荣耀，流下饱含深情的泪水

紫薇

二十年，石头不再坚硬
得益于一场熊熊燃烧的大火
落叶的旋涡遮天蔽日
她们的王冠蒙尘
她们的翅膀收回
寸寸阳光便是一生的交付
那唯一的，落后于春天的种子
也曾发育良好进入成熟期，也曾
千辛万苦地奔走大地
她创造了她的父亲，她的
母亲，和她在人间的姓氏
遂有了自己的名字，自己的方言，隶属省份
以及嵌入骨子里的爱人
她一次又一次挥手作别，阻止时间凹陷进去

而现在
整个时间都足够柔软
具体到一树紫薇，在湘南
万事万物从未曾有丝毫改变
只是她们陷进去太深
她们的翅膀一一收回
她们的王冠悉数蒙尘

音符

一个女人很好是在岁月的沉静里
一个困顿的女人很好是在娘家人的帮衬里
一个困顿而坐在轮椅上的女人很好不外乎翻山越岭寻找一条河流的过程
一个有些年代感的坐在轮椅上的女人看上去真的很好很好
是在时间的洪荒里。她种草籽。虚构青春。她的臂力消解
她的屋檐低矮，当这一切不是假设——
她的花篮就空出很多地方。她的左手无法举过
头顶，绾起垂在耳鬓的一缕头发，她总是跌倒
从早到晚用黄花棯叶入药的女人无从安稳
一个用石头写字的女人腕力总是不够
一个无力回天的女人的孤独无法举过头
关节炎症加重她说过几天就好了
无法举起左手的女人从不涂口红，施粉黛
也不描眼线，总是素面朝天
抹去年龄、抹去性别，濒临深渊的女人忘了
她想哭也可以哭。她想爱还可以爱
一个坐着轮椅跳舞的
迟暮的女人
多年以后，蝴蝶跌落空旷之地的胜利
形成激流，继续漫过秋天的原野
还有一世繁花

她的眼神依然清澈
她的修辞依然朴素
她的一生依然忐忑
而踌躇，她已经无所畏惧
一个以女儿的身份开花的
不管不顾的
女人
她的世界孤独得圆满

他们

草籽渐深，村庄出现纤细的屋宇
有些微小的力量触及到它们，此刻
天空低下来，春天已经走过了一半
另一半是未知，雨或晴从来不说
一树麻雀留给青蒿的反作用力
如此强烈，从山顶往下看
田野是更绚丽的尾声

一切尚无定论，当新的香樟
开始萌芽，逐渐形成参天之势
伏地草接连开出很大的动静
世间一切并没有草草结束
她知道一个更美好的时刻
在想象中并不遥远，所以
回去的路上，总是会
继续保持她所有的热情

丘壑

也有树影，也有麋鹿经过，仿佛脱缰之马
光阴很轻，纵然盘根错节，山川自有出处
江水静静流过，五岭余脉不失它们的风骨
每一个不经意的时刻，像你说过的话
铿锵有力比任何时候都要清醒
所向披靡虽是好的，一旦抵不住封锁
每一条路都有可能被堵死
人生多像一本摊开在手中的闲书，茉莉花
偶尔占据了封面，可以忽略不计
而春天走在下山的途中，蕨类已不多见
天色似乎比平常黑得更早一些

鸽子飞往别处并没有带回我想要的消息
旧炉生火很旺，后来燃尽的灰烬终成记忆
我只是在想，被秋思惊扰过的月亮
还会重来故里么？还会来么？此刻长夜深沉
身体已安睡，带着白天的刻度
蝴蝶涌出来，像梦里吞下的一小片光亮
隐藏在柏树林中，手鼓在响，像久别重逢的朋友击掌而歌
只待东风起，丘壑也无法阻挡这盛大的仪式

然而一切终将流逝，鸟声遁入花丛
醒来是第二天，这种缺失无端地强烈

尽管画一幅溪水淙淙可令寒士展颜
群山向东向西向南向北绵延开来
我却两手空空。从山寺之外经过
土地开始解冻，手指的关节
又灵活起来，可以合掌礼敬
现在与过往统统可以一分为二
不为别的，见花俯首
见佛说佛也是好的

仍然有太多说不出来的悲伤
谁也无法从中获得明示
此刻风不再聚集一切无关的消息
一路跋山涉水，山仍然空着
事实上一个空寂的时代
总要面临千万条路的选择，黑暗的前夜
就在群山之间，一切重新锁住，安顿
数不清的桐子花在残雪中纷纷凝固
一些回声在山谷深处，带着更深的荒芜
仿佛我们的命运，可以濒临绝境
也可以处之泰然，而你经过它
碰巧落入尘世

空白

除了本名，暗示“茉莉如雨”
我几乎没有可以记住的身份
茉莉是复数，也是未来，茉莉是往事
从五月开始温热。父亲赐名与我，这一用就是多年：
茉莉如雨中
多年漫长的时光不动、
春天离开，秋天不为所动
燕子离开，夜色不为所动
偶然出诗集了，在越界书社
开了一场小范围的分享会
一辈子头一回
一百多人的会场座无虚席
小陈老师做了很多幕后工作
关于诗歌，需要重新定义
关于生活，我早已无从解释
倒空时间，回想这空白的一生
命运虚拟了那么多的岔路
来的时候说好了不哭，不为
无关的繁杂琐事分心，但是我眼睛濡湿
秋天失去了原有的阵容。起风的原野
总是让我泪流满面。再也无法淡定自如了
面对无法重来的一生
试图拖住一匹白马的尾巴

更多的时候，我在拼命赶路
更想要做短暂的停留，看看朝阳
与落日，在云深不知处的中途
做一次记号。一次又一次起身
一次又一次地远离了起点

繁缕记

1

这些与我素有关联的葱茏大都随处可见
我曾经在田野上漫无目的地寻找它们的踪影
这些与我素有关联的葱茏在成为猪草之前
也有名字，有本草为证：“草曰鹅肠，华于仲春
柔枝弱本，杏叶兰茎”……我熟悉它们的来历
它们通常被看成杂草，它们的卑微寂寂无名
有时被搁浅在滩涂，有时被人畜果腹
别名“繁缕”——铺天盖地的千丝万缕
曾经是人间的药引，专治无名之毒
到了冬天来临的时候，山寒水瘦，母亲的身份被重新提起
我们都穿得单薄，水车咿咿呀呀作响
母亲的斗篷多了几道细细密密的线路针脚
她抚琴弹了一遍“流水”，繁缕就
开遍了原野，推开一扇虚掩的柴门
一些话就哽在喉头，进退不得
她就要脱口而出一件事情的始末
她就要大声喊出他的名字——
不管是否可以等来回应。无边无际的
荒凉，无端的质疑，咳出的血迹……
雨季来临的前夜，一把猪殃殃草，满天星辰

所有这些都是这首诗的内容。起风了
她紧了紧裹在双肩的围巾，守着一片
废墟不能言语，生活的法则层层加码
直到野火烧成了灰烬，逐渐褪尽它们的光环

2

她喜欢绿色的植物，每一片花叶与根茎
都把好看的一面呈现于世。天地有大美
从前水浅根深，荣枯俱在，繁缕尤是
十里春风路，令人无以为凭
只说此茎叶甚繁，中有一缕，随遇而安
如青丝，如鬓角，缠缠绕绕于荒野
故而得名——“繁缕”其实孤苦无依
像很多人在人间，不知所终地行走
深冬时节，湘南到处都是它的身影
屋子外狂风骤雨，隔着旧窗帘可以
看到所有零落：雨中的草色青葱
留给春天一个又一个背影，仿佛出世之心
这绝决的背影，也留给了你我
雨越下越大，她不得不拉上窗帘，从困顿中
匆匆退回人间，幻想中她是一株平凡的草
没有来处，没有依靠，唯有桀骜不驯的根紧紧相连
每当她以此自拟，北方的诗人说：姐姐！天佑

3

XN 发来一个拥抱的表情，接着
发来 66 元红包，她说
要给一些优质读者寄赠一本
我刚出版的诗集，接着，她问我
诗集叫什么书名？书价多少
我告诉她书名及定价，她立马回复——

“噢！《一个被搁浅的下午》——
这是我最喜欢的一首诗呀！真好！我把
地址发给你，你照地址寄出……”
看到这则信息时太阳已经像个火球光芒四射
像仙人掌一样独特，这来自大漠的属性照耀
更像我们的诗歌，没有第二种植物可以比拟
我认真地给一位素不相识的读者签名
顿时感觉到一种温度，来自女人之间
来自一本与我有关联的诗集，一首
我写的诗，来自大半生行走的勇气
来自打在门楣上的夕阳，后退的光线
缓行的蒿草，黄花棯和无所不在的孤独

4

他的眼里有光，担得起我的敬重
他宅心仁厚，不虚伪，不世故
世俗种种做不到的，他却可以处处践行

我看得太多这像亲人一样的名字，在他面前
我青青如草，卑微而又顽强地活着，这多么像
湘南乡村一个普通的傍晚，命运的暗示——
大地亘古以来的陈述重新被提起
被转呈，在一位诗人的诗歌里
夕阳壮丽，山河奔腾，谷物厚重
诸如此类的文字每读一次，我就
落泪一次。无时不在的月光铺开了长席
有如繁缕千茎在天涯海角，犄角旮旯盛开
生怕踩踏了它，我的脚步尽量放轻
怕它千愁百结，更怕它魂飞魄散
它们的卑微和我想象的如出一辙
天空一如既往地蓝，身心俱疲地蓝
我们从未曾有期许，也从未曾被救赎
若以同等的交换回应，眼泪必摔成露珠
半面残垣断壁，就像我们的现场
大地苍茫，只要被琴弦演奏成诗
本草必艰辛入骨，必被诗人言中。我知道
很多时候悲伤并不值得赞美，直至风干一束茉莉
成为祭坛，春天就接踵而至。这是我的宿命
艾略特的眼睛目睹的荒原还很明显，哪里都有
四月仍然是最残忍的月份。春天可以为他沏一杯茉莉花茶
但是我无法亲手送给他一本自己的诗集，并在
一首诗的下面亲笔题上一个诗人的名字
这是我在这个季节失去的唯一的东西
他知道雏莺在阡陌上落脚的时间
天上每一朵流云都是人间的艰难

村庄已经颠沛流离，多少不得已的羁绊
常常不能全身而退，在各自的命运中浮沉
这个早春，有一双手重新推开了窗户
窗外有一大片油油的绿开得正是时候
一个匆促的上午使它们来不及撤退
那些落日一样慈悲而洁白的花朵
是死过千百遍的荣耀与苦难
是我今生始终不能说出来的
平淡而简单的幸福

玫瑰辞

一场阵雨后，适合用隐身术
一次次挪动它们，向着阳光的方向
打捞。我笨拙的动作看起来
十分可笑，费力不讨好
但是我必须这么做：
为了它们的芽苞整齐

浇水，剪枝，施肥，松土
第一个花苞形成
可以追溯到三月，或者更早
枯叶蝶来过一次，它就会死一次
它们天生具备自我修复的
能力，很快就会愈合伤口

五月有很多通道类似于火车
允许蛇行迂回，允许拖家带口
逃亡并没有那么顺利，大门洞开
玫瑰不停地卷动叶脉，等待一次
意料之中的追捕
多少年以前，他看到她已经
死于一场战火
那个时候她不知道他的消息
他应该很幸福，这些她都知道

人到中年

重要的问题不是此刻的雨来得多么快
而是除了雨水之外的突兀比雨水还要多
这一路上，丢弃了很多东西：素衣，黑发，髌骨
两手空空，除了那棵还算繁茂的冬青树
见证了岁月的荣枯；田埂上草籽依然
很深，几只麻雀在练习俯冲
避风的屋檐渐渐低矮下去
开花的益母草在风中摇曳小小的身板
让我不忍卒读

怎么能摸索着走完这一路上的荒芜
或者让我忘却悲伤
不再听见母亲用手捂住的哽咽
我捂紧孤独，就像一个无家可归的人
再也没有一个可以安抚我的答案了
五月，它什么也没有带来
天空蓝得一无所有，一无是处
这虚无的蓝跟昨天的世界一样
没有一丁半点可供留念的线索

T 恤的颜色始终是很旧的白，一次比
一次明显
每次都颤抖着穿上，重复相同的动作

穿上就脱不下了
像一段陈年往事
我看不见近处的事物，视力模糊
这个世界也是很旧的白
搭满了壁垒森严的戏台
人生多么像一场拙劣的表演
所以，我继续丢弃剩余的暮年

梧桐

更兼细雨，叶落以后
从平湖深潭的水面上望过去
郴江萧条清冷，枣树下枯黄的落叶
随风起舞
一地风声

墓园在山顶上
穿过前面的油茶林就到了
想到栀子花的白
我的双脚沉重
自持不住地落空，俯首之间
像你曾经那样泪湿衣襟

滴答滴答的水滴声在深秋
总会先我一步抵达。满是泥泞的山路上
除了秋天还是秋天
很多年以前，西厢屋的屏风就
开始漏风
你的手捂着心口，哼着
沙哑的摇篮曲伴我入眠

后来，你再也没有醒来说上一句话
哪怕一句“我想见你”——

田野
就迅速地进入了青黄不接
仔仔细细的澄黄一直离天上很近
很多年了一直那样
只是偶尔从我的小半生的事物中
带出来一些梧桐、丁香、水仙草
和粉色的茉莉花

第四辑　一朵花有一朵花盛开的时间

和罗切斯特先生一席谈

我不认识他，除了他的名字
我还知道他琐碎的命运与一个小女人有关
这次从她去干草村寄信谈起
夏洛蒂化身一场预谋，为爱献身
莉亚再次点燃了一根蜡烛
蜡烛的余烬酝酿一场冲天大火
黑夜太黑，伸手不见五指，火光微弱的时候
她只是一个微不足道的小女子，开始摸索着向前走
她看到了水深火热的人间，并且要
在这场大火中获得她的独立与自由
她付出了真性情，相信苦难，在她看来

罗切斯特被大火烧伤，毫无预见性
罗切斯特先生必将死于一场大火
他的皮囊消逝于额外的永生，幸福就要降临
放火的人不是为了爱情而来，她不相信
世间的猥琐都会罪有应得，所以
制造一场战争是必要的，她要用生命作抵押
所以，以生命赴死的女子不止她一个
他在她的面前起誓，等一个想要的答案
结局让他意想不到，她们无从抽身而出
而他好端端地活着，还戴着从前的面具
他渴望着一个盛世家园的建立

就像渴望着她的全部身心
我确定一眼就认出了他，像她那样自信
他矜持地等待最后的赴约，雪地上摆开了筵席
山是永远都带不到穆罕默德跟前来的
所以她只有帮穆罕默德走到山跟前去

她种的玫瑰又开了一朵

无人怀念遥远的青春，春天多么奢侈
赶着一辆空空的马车，漫无目的地行走
她俯身将一地的玫瑰花瓣收进她的帆布袋

雨季正长，草帽空闲，时间试图用一千个理由
说服一个伤心哭泣的人擦干她的眼泪
熄灭胸口中的火，继续活动僵硬的颈椎

他把一封信撕碎扔进废纸篓，去掉地址
他从不曾追问过她是否同意；他种下玫瑰
留了一道窄门，如果有人进来，还可以追忆过去
再把院子收拾得干干净净

与过去告别，就是与他告别，峰回路转
的故事中，仍然可以看见满天星斗
倒映在玫瑰花瓣上的露珠上，而她的手那么冰凉
这时候，他的眼里情不自禁溢满了泪水
他尽量背过身去，不想让她看到

豌豆黄

春天独自去田野，从来没有好走的路
想扶起坍塌的温度，眼看着梅花就要谢了
这一路，从不想麻烦他人为我做什么
更不想因为自己的存在，破坏了春天的美
残缺的事物令我不安，人到中年
说好像一株豌豆花那样朴素就好
让我心惊的是，什么时候开始
初生白发，何时烫平额前细细的皱纹
这短短的一生，我固执得近乎虔诚
我只需要简单安放
所有行囊，像隔年的雨水落在
空旷的原野，像雨中的
棘棘草轻轻晃了晃眼睛
像很久以前的记忆中
土墙不禁风侵雨蚀
令人一想起就心怀歉疚
阡陌上，要等父亲种的豌豆花开了
才有了熟悉的温暖，我们都在
2018 年四月的某一天回到过去
我在春天的另一端
看紫云英大片生长，看她背起蓝布背包
在氤氲的家乡捡拾菌子，苔藓，益母草
我和她同时在一堆词汇里感受

来自父亲的拥抱，并给予的辽阔
母亲！时光总让我们妥协
一株豌豆黄不能代表什么
田野是它的载体，沉寂了一冬的
大地需要时日回到先前的富饶，可是乡村没落
都说时光不居，我一直想要留住什么
满地的豌豆花多像人生的命题：
不停地开花结果，却一直在输出
所剩不多的繁华都将出走
局限于时间之外的万物也紧随其后

一朵花有一朵花盛开的时间

这些日子以来，东风猛烈
一些枯萎暗伏，我不得不关紧门窗
阳光并没有半点倾斜，落满残花
十六行稿纸比之前更空白
我在我的时间里遭遇了
猝不及防的虚无。光阴寸寸失守
就要将月亮吞没，将我也吞没
无暇顾及那些定义我的事
顾及那些知我名字的人
我一直在他们之外
眼看着我变得多余
整个世界不为所动
月亮顶着晨霜奔波在一个倾斜
的人间，以至于掰断了手腕
在胸前缠起了绷带
覆盆子还在连夜赶工
一朵茉莉的轮廓
仿佛所有蓓蕾已然成型
只是还未到花开的时候
其实，生命的礼物一直是冷门
那些像星辰一样璀璨的光芒
只是努力地配合命运的酝酿

往事

一个惯常的日子
腊月，无月，雨夹雪
零度以下，时间变得不动声色
冬桂在我蛰居的乡下无法伸展腰身
村庄渐行渐远，整个中国都是这样
我从一条江边经过，发现一些野花
变得黯淡。三两只麻雀落脚的桂树
收容了更多异质的事物，包括指针
花粉，光线，甚至小寒过后的雨雪
那些小小的不断被扩张的隐秘幽灵
倾巢出动，化身桃李，如果拆去栅栏
走近一个秋天，轻轻揭下它们的面纱
起风了
可以看到村小在半山腰
显得多么小，红砖碧瓦，红旗招展
穿过红杉林的风会举起古琴之音
并以多声部唱和，时而舒缓时而湍急
就像人生的序曲
夜深人静，我紧紧裹着一条
粉色披肩在灯下看书，喝了一杯
蒲公英茶，手头只有一本诗集了
很多读过的故事都已经忘记
很多不经意忘却的又形成了新的深渊

可是，这本可以一跃而起的瀑布
它的肉身早已离开
在天气转暖以前天空就被冻住
连荒寂院子里的桂花也被禁止开放
我不是不知道树洞一直深藏在地下
它们的布袋藏着烈火，石头，铁钉
群山的重量碾压着它们的身体
它们已低得不能再低
这分明不是它们想要的结局
可是谁能救救它们

你的美好，靠自己成全

每天把每天要做的重复做一遍
每天把每天可能要做的也做一遍
雷霆从身体里长出来，春天也
从身体里长出来，骨头碎了，还有筋脉
大半生谦卑、祈祷，流泪，惊恐……都来自神的旨意
我不会捂住这些伤口，茉莉，野菊花，寄生树的秋天
一切都通向神：蝴蝶啜泣。蝉鸣凄切。是面具，疤痕，惊雷
和一颗千疮百孔的心维系的忠诚
与冰冷的手指托举起缓缓上升的
灵魂。二十二号已搬走，归途漫长
雨水在泛滥，泪水咸湿地倒灌进眼眶里
那一瞬间，刻骨铭心的过程让她崩溃
变形的手指，吞进肚子里的绞索
青丝总要悲白发，她以茶代饮：一杯酒的
度数又能证明什么？谁能知道这个春天
她又经历了什么？总是想要施与
死神设置的背景一度模糊不辨
从她心里跑出的白马已弃她而去
月亮开始陪她溺水，年轮却被放大
在木格窗子的底端，榕树已逾百年
在内心深处的角落，夕阳西下，祥云升起
萤火虫乱飞乱撞，隔着时间的门帘
隔着他递过来的视线
被一个脸色苍白的人急急喊停

母亲，嘉禾或者春天手记

一定要等鸢尾花盛开
让仅有的青春，希望和爱都留着
相对于历经沧桑的祖国，我资历浅薄
我们互补缺陷，而完美以及所有的辽阔
都是对称的，像流水经过广袤无垠的大地
迅速形成环绕果核的琥珀，蝴蝶竖立翅膀
像脚下踏出的足迹深浅、笃定从容

从湖南的一个小小村庄出走
从南到北，一条绵长的边界已将我包围
西河源头的渡口压倒一切，忧伤开始真正成熟
如我一样风华正茂，交出自己的一切
毫无保留。当中年的鱼尾纹爬上我的眼角
宫商五音，五岳的坐标，长江的流向
布满我的盛年，我已退无可退

她在为我蒙难，为我受苦
以长歌，玫瑰，在上面写着各自的悲喜
用隶书，行书，草书，楷书写自传
用血性写一世的清风，四季和星辰在上面
并行奔跑，麋鹿的足印也在上面临摹曾经
的春天，给后来者留下了清晰可辨的痕迹

可是啊，祖国那么大，光有这些还是不够
一旦交出隔阂，不堪，荒诞，狐疑，苍老
繁花尽落，剩下的仍然是青春，希望和爱
命如纸薄的人们大多数走着相对离奇的路
也有大多数人彼此亲近着，像母亲与女儿
相处的方式很特别，完整与局部水乳交融

地衣都很柔软，苦艾的青葱也像我的年龄
野生的繁缕总有无数疼痛的体温倒伏
每当春天的山谷回音一朝突破了闪电之门
看，星空下
千里沃野习惯于映山红的火焰
铺天盖地，在每一处丘陵地带喷薄

桑葚的酸甜形成新的粮仓，鱼群逆水而上
还在湘南，在一片凹地，长江中下游平原
退役的牧场，等待收割。在黎明之前等
无数个你我及笄而立，摇橹欲渡。时间
来不及伤感，耀眼的鸽子的白来不及抖落
草堂前的急雨，习惯于催眠状态下的爆发
一切显得那么自然而然，你是星辰和大地
而我是无数个微尘的组合，人世间的破碎
沉睡在记忆中的所有不连贯的片段
在春天，以泪水的咸湿呈现
都是合理的，都是真实的

作为季节的一部分——

在春风里，我和天空并没有太遥远的距离
对于一个很早失去故乡的人，我是陌生人
光阴在下辖的任一地区登记造册，识别我
残缺不全的那一部分被死死锁住，无法打开
这样，多数努力最终蜕变成青涩的流水
流在我的心底。我听到了什么，我看到了什么
还是不能说，能够说出来的都不值一提
能够说出来的，我早就说出来了
南岭、郴江无数次入梦来
濂溪书院外的落日照着落日
风轮草纷纷形成楔子阵形
像我一样年复一年飘荡，越临近傍晚
茉莉在夕阳中，就有了深不可测的危险

写给母亲

母亲给我一条线索
等蒲公英长大。等一次漂泊，但不能哭
人生虚无，不谙世事是可笑的，你必须严肃
从小到大，我的守望，与母亲紧密关联
我的命运，是绚丽又陈旧的襟袍上的刺绣
厚重的一抹灰色属于尽力活着的部分

我把十分的梨花白，八分桃花红拱手相让
确认生命的饱满一直孤独而自由
确认母子一场，血肉相连就是这样一种付出
为之计深远，为之多劬劳；更为之倾所有
一本用旧了的日历，翻开几乎泛黄的书页
属于我的那一页没有提前备注好脚本，或
潜台词，记录某年某月当击鼓而歌，记录
白发三千丈，留下才是人生最沉重的篆刻

天空下，离白云最近的地方是心脏
母亲，今生是我欠你的。漫漫长路和短短一生
相遇深渊般的人间，我们有与生俱来的
秉性，成为自己的搬运工，攥着手中的沙
重建一些不得已的空白。可以仰望的天际
多数时候空无一人，白云苍狗愈合了不再
年轻的伤口：昨天永远属于遥远的昨天了

最紧要的当口，多数事物践行着最初的选择——
活着这件事更是如此
给我血型的母亲，也给我柔韧脾性
给我生命的母亲，给了我一条线索：
等春风送走了流水，山冈会更加蕴藉
雏菊饱尝了秋风，囊括了全世界的金子
我们就会重逢。
那时，那时，父亲沉默无语，岁月自行遗忘过去
从嘉禾的青峰山下一路向东，你哭了一路
幼年失母，父亲远走江西，两个弟弟还小
母亲，这一路风大雨大，你回头了吗？
每一个故事的开始都是最后的挽留
我也是其中之一。母亲，今生是我欠你的
只有在深耕过的千顷良田，青草更青的时候
子归才会选择天空，尽管它们也不知道自己
还要流浪多久

一些无望是有故乡的

一些无望是有故乡的
就连被踩在脚下的石板路
都带着青铜时期的苍茫
它们高昂的头颅多年倔强
就像桂树又高又老
而我少年时代的怀抱
满心满眼都是它的金黄
路已不是来时的那条
十里八乡让风一吹
谷穗就隐身于荒野
要想从丘壑中找到一些壮阔原本有点难
让多数事物噤声的都会从
事物的另一面出走，雁阵
仿佛从未来过
在一次凋落的过程里
十年一晃而过
实在想不起来
秋分
是如何做到的

不宜

在湘南，深秋的露水总是很多
枣树上的果实开始下沉
所有的燕子都没了踪影。北湖也是如此
道路的尽头还是漫长的道路
九月的最后一天，时间仍然从容
山脚下和平常一样
早晚有点凉。桂花开过很久了
树下落了一层淡定的苍白的痕迹
秋风一来就感到峰烟乍起
有些意外悄然发生，我还在原地
不动，仿佛我很多年的行走的梦
也跌落了厚厚的一层

故乡

时光如此漫长
不如铺开洁白的纸张
蜷缩在书桌前给你写信
夜雨深沉。整个冬日如一艘船
坠入积雨层，渐渐隐没
信写到一半，很快将一本从未
翻开过的典籍打湿
那一瞬间，落红满地
我的眼睛很快蒙上了沉沉的
一层霜，一些苦涩压低了声音

一些力量开始重生
我曾经努力想要澄清的部分
原来的写实是海棠不知胭脂色
现在多了部分虚构
远山在随之下降的
冷意中浮出水面
写好的信被我攥紧。直到屏住了
急促的呼吸，村庄静寂又不安

有人开始喷嚏不断
有人用手帕捂鼻
也有人着凉伤风失声痛哭

信没有发出，雨声敲打着窗户
细密如鼓点，清唱，如针脚
同时植入时间之河。巨浪席卷而来
冲刷世间的蔷薇，它们此消彼长
它们织成绳索，永怀感恩
歉疚，卑微的誓言

一个荣耀的过程即将结束
悲伤的锋刃，他们的力量体系
来自他们自己，在夹缝中生存
他们不知道通往最后一处荒原的道路
已十分拥堵，而在很多年以前
它尚且被冠以“故乡”的昵称
坑坑洼洼的陈旧版图上仍然
不乏匆匆而过之人
三心二意的
潦草签名

生活终究沉默的部分

我仍然要给出我仅有的赞美
给你一个俗世
以某个春天的主人自居
雨打芭蕉的夜还在等待一个时差
十里八乡的宗亲里有你年轻的背影

我仍然要给出我仅有的深情
给你一出喜剧。是的
从开始到结局都很肃静
一场谢幕像极了茉莉花开
山里山外白雪皑皑，我深陷其中

除此之外，我已经没有多余的形容
那就给你浮生和尚存的体温吧
给你洁癖和所有的空白，给你疼痛
生活终究沉默的部分逐渐溢出
不管是昙花一现或者百年孤独
一并给你吧，那些正在消弭的

破碎的命运，令人绝望透顶
谁也不知道下一秒会发生什么
包括这即将被时间覆盖的荒原和眼泪
都可以给你啊，反正我也带不走

角色

都是不甚明了的香气从
幽微中散发出来
都是伤心的春天跑过了头
最初的云层才压低了嗓音
小路尽头被重重的泡桐叶遮蔽
我已经不记得阳光灿烂的日子
不记得此刻
山上的栀子花已经蓄势待发

很多时候，你需要一捧一年蓬
我们何苦为难彼此呢？一场春雨后
草地上的水珠子滚来滚去，偶尔走散
偶尔被融汇，总是充满着悲剧的意味
它们和我一样，自己也不知道
什么时候还会下一场雨
而下一场雨什么时候
还会再来

五月之末

五月的风声远去，什么也没有发生
她与村庄的关系来自栖息地觅食的麻雀

一些虫子
它们偶尔惊恐它们的危机四伏
谷粒多是一场献祭

即便如此
五月的荒原还是会开满丁香
茉莉，透过云层折射的光线
分分合合

黄昏来临时，她就坐在荒坡上看着远处的田野
一动不动。微风拂过田野，一些温柔
很快覆盖之前的荒芜

自述

他并不想
以游魂的形式存在于天地间
被众多的经书陈词滥调
误认为“天赋异禀”
愤怒的，虚无的。都归上帝
作为黑白世界公民的统称
他一直两袖清风
他总觉得他愧对佛陀
他的过于简单和猥琐
多半是对这个世界感觉厌恶
作为疲惫过冬的雉尾鸟的迁徙
大规模地摸黑前行
一个黑白世界是相对安全的
他必须有坚硬的壳作为
冲击春天有力的武器
和子弹
他从来不被看好
他常常被塑造
他偶尔的反击
是这个空洞的世界所能陈述的
唯一的真相

通天山记（组诗）

山顶

山顶有谷雨，云海和漫长的冬天
白颊林莺跟着日光穿过北纬 25°
跟着季风隐没在杜鹃花丛
蛟龙接近神祇。此刻在天上尽职
在我的注视下，隼鹰落进时光深处
仰望幸福的人已在褐色大地上生根
我远道而来，却并不属于这里

通天玉

金色的草原在海拔 1580 米的地方
铺开，高处不胜寒。这里有最蓝的天，最白的云
它们都通向神。露水已经很重，我们说得很少
这孤单的旅程，我可以一个人走
遇见你纯属偶然，余生就此别过
都说玉可赠人，柳枝不堪折
四十年，我拿什么相送
世人少有玲珑剔透的心
世人多配不上你的明澈
世人连抚摸你的清凉都很难

你就是那束光，遥远得让人想哭

山下听雨

是春雷的尾声
吓住千年生风的蛇吧
后羿的骁勇仿佛只和月亮有关
而我只有祈祷，一路顺着雨水
这些被孤立的苦难越发波涛汹涌
伯劳遁去。灰雁折回，草木一生
命运不曾给予的浪漫，拿什么来抵抗
这漫漫归途
躲不过山高路远和
人间艰难，也躲不过你
结果是雨下了一整天
结果是梦里那截惊蛰
在这一天，不再休眠

汪洋

这里有云海，遗鸥，落日余晖
漫山遍野的映山红……像君士坦丁堡
的千军万马昼夜狂奔，浩浩荡荡
秋天的梧桐也有一世苍凉，你信不信
潮水没过脚踝，我缩小了自己的年轮
惊讶于雨季的漫长，就像悲剧的诞生，此生无憾
退无可退，很多时候抱着一棵树孑然而立

看，月色舒展
星星明灭似海上的渔火
一切都如此沉静
我们的神殿就在海上么？

大好河山

比山更高的山皆用石头垒成
壁立千仞，可追溯到千百万年以前
那时候，紫云英的笔墨用来描述一条浅浅
的河流。麦子将熟，四方桌上的丰年
是田野里稠密的紫苏释放的味道
节令被人们高高置于屋顶之上。那么多年
舍不得离开，一直相信了祖母
相信只要心无旁骛地跋涉
咬紧牙关，就会走到春天
我们都低于流水。相信
我们会在某一天
牵着自己的马匹
缓缓归来

活着是一件卑微的事

把花盆摆放整齐，茉莉、百日菊
星星草、三角梅……待价而沽
阳光渐渐有了一些温度

最不起眼的一株
茉莉，也像青草一样争取阳光、雨露
土壤。像养护茉莉一样，不多的
粮食是我们的基本需要，活着
是一件卑微的事

一到盛夏，蝉鸣如鼓，声声沙哑

朴素到日子，草木一秋，生活琐碎
得多么具体：山在那里，一朵花的一生，基本上
没有任何悬念

第五辑　五月手记

处方

天麻，钩藤
石决明、栀子、黄芩
牛膝、盐杜仲、益母草、桑寄生
首乌藤、茯苓

一剂清肝火
二剂清热安神，三剂治肝阳上亢
所引起的头痛、眩晕、耳鸣、眼花
震颤、失眠
高血压见上述症候者

大火煎开，文火慢熬
温服
味苦
十五天一疗程
不良反应：尚不明确

橘子红了

旧车胎被一枚生锈的钉子扎破
轮子在半道上瘪了下去
坡上的婆婆丁落了一地

墓园不算远
从村口向右
一条简易柏油路
通向山里

霜风渐起的时候
山里的橘子红了
水库就在去墓园的路上
走近它就看到秋天倒映在水里

今天，我只能走到这里了
我的脚步开始沉重
一路上不知名的鸟雀叽叽喳喳

太阳升起又落下
对着渐渐起风的豁口
渐次迷离

那些不被在乎的事物

谁也不会去追究
如果你不再抬起头，浮云

悄然隐匿，也无人
会留意

资兴赋（组诗）

白廊

已是九月初，板栗还未熟
人群三三两两融入雾色。为了那个约定
颠簸一路，拜佛要到深山中
天空下的湖水很深，水面很宽
适宜深呼吸，你也不用伪装
成熟的样子，给寺庙捐出赤诚
忘了你的忧伤吧！生活一团乱麻
自责也无济于事。来都来了
不妨弯下腰，捡一颗小石子
打一打水漂也不错

东江湖上的风迎接我

东江湖上的风迎接我
为找到半山崖上的槐花蜜
全副武装做了一个时间的隐者
向路过青春的半边月亮
打出属于我们的手势：四十年才来一次
的地方，只有秋分划分出低处的阴影
逆风奔跑的孩子有他们自己的圈子

把我们排除在外，他们不用划分什么
桃李在该熟的时候成熟
一如春天的全部，他们心无芥蒂
应有尽有。只有等他们长大以后
才会明白
此刻的我们是多么苍老

半岛

木船开始靠岸
从山这边到山那边
中间隔了一条索道。婆婆用手指向前面
水文勘察点是岛上一间十分简易的小木屋
不知姓名的勘测员是木屋旁一个小小的标点
坐标上水面辽阔，下午十四点
的湖面蓝得像丝绸。他穿着蓝色工作服
在更小的岛上，远远望去那么生动：
常年与东江湖为伴
山岩不那么黑了
梭子鱼成群结队
从山这边到山那边
周而复始
木船开始靠岸
这辽阔的水域
天空很蓝
水也很蓝

天际线

用最细的眉笔
才能画出的天边
被浩渺的澄澈簇拥，紧紧跟随
渔民以船为家，一盏渔火就是一种光景
一江渔火就是一场盛宴。乡村正在苏醒
决明子花像往常一样泛滥成灾
资兴像一种方言被搁浅
在渡口守候日出日落。
我在守候什么呢？我不知道
一个人发呆的时候，我就想起母亲
的模样：更像一种答案
母亲在守望的，她肯定心里有数。她知道只要
她偶然撒开了网，就会与天际线接壤

卖桃胶的阿婆

卖桃胶的阿婆
一眼认出了我。秋风穿梭在临江公路上，洁白的光芒翻飞
她麻利地站起来，满面春风地叫着“闺女”向我迎来
她的记性很好，迈着小碎步，腰间的花围裙像新的
她的旧箩筐不见了，换了小木桌子
她的银发比去年更白了，也更稀疏
她亲切地拉着我的手，她相信她跟我熟络
她的语速很快，口音也很重：“闺女，闺女来了！”
“今年的清江橘子比往年更甜，你尝尝！”

“桃胶还剩余一些，你要不要？”
“东江鱼要一袋吗？”
“柴火熏的，好着呢！”
“……”
知道我爱吃东江鱼
知道我来一次不容易
她几乎就要把我当成了她的远房亲戚

清晨

线索突然中断。
一早上都是风，在伏击我
我不能说话。我一直在等
阳光将东江撕开一道口子
我的微弱视线开始辽阔
与天边真正接壤。我竭力屏住呼吸
身体微微前倾，目光远眺
等江边开出的最早一班
渡船
靠过来
放下长长的梯子
将我从寂静之地接出去

家书

说过一直想去洞庭湖那边看你。现在
除夕守岁，天空一直下着雨，却无处可去
我在湘南，思念一个久未谋面的亲人
隔着遥远的距离，你的苦难也能感同身受
雨中伏案疾书，日子变得灯火可亲
从未如此迫切地依赖一株植物的香气
并且把时间精确到秒
以前的三年五载模糊了多少事物的界限啊
数不清太多的故事，可我和你记住了这些时间
记住了它们：每一种让我们彼此牵连的植物
茅根，山楂，钩藤，芦根，淡竹叶
贯众，穿心莲适量，煎水服。步履匆忙
那时人生地不熟，你大半生都在焦灼之中
记得苍术，陈皮，白豆蔻，广藿香，佩兰，石菖蒲
用它们加冰片、贯众研粉做成香囊，随身佩戴
记住了桑叶，苏叶，枇杷叶
鱼腥草，千层纸，桔梗
玄参，神曲，葛根，藿香
青蒿，甘草，10 克以内煮水为茶，降躁
记住了白豆蔻的气息，用石菖蒲填充过往
记住桑叶有清新的世界，我很久以前就知道
记住鱼腥草可解无名之毒，这是你当年告诉我的
你告诉我，活着多么简单——只需俯首大地

像植物一样，拼命珍惜所有的辽阔
风信子传过消息，每一寸故土的清晨都会准时开启
只有时间可以无畏，我们其实不过是一株植物
只有大地的院落宽容人间的无知与局限
我偏爱乡野宁静，只需种下一株百合
让它倒映天空的蔚蓝，就会有鸽子在飞翔
仰望星空
你就会看到它们在澄澈的世界里扑棱着翅膀

守住春天

把饺子煮好，用生抽、葱段、西红柿酱调味
在人间，羁旅者用甜酒冲蛋暖暖身子
湘南初晴，阳光是从隔年的初冬照过来的
玻璃窗上叠印着昨天的树影和誓言
窗口飘出一个少年拨弄吉他的歌声

2019 年经历各种各样的奇迹，时间不小心被切割
在人间，一篇冗长的纪实小说信息量大
硝烟弥漫着，驰援的人们都没有回头
他们的亲人努力记住他们的背影
也渴望他们记住在他们身后凝重的眼神

一月之末，听得最多的一个词就是“珍重”
即将出征的儿子与老父亲依依惜别，义无反顾
这也是一个母亲对女儿说得最多的一个词
那些善待世界的好心人也有自己的寒冬
可是她们卸下了冬衣
又像一个父亲对儿子说得最频繁的一个词
他们卸下了取暖的火炉
这些故事显得极其平常。不出意外
他们一直对抗着风雪。为了即将
到来的春暖花开
为了那些不被拆开的拥抱
他们徒手相搏。耗尽了毕生的体温

珍重
——致钟南山院士及在疫情一线的医护人员

那些匆匆而过的脚步渐渐远去
留下了太遥远的惦念
子夜时分，我们伸出双手触摸彼此的面颊
都禁不住眼圈一红。一张张熟悉的面孔
开始消瘦，今天又是一场鏖战
汗水濡湿了发际、眼睑、手心。整天穿得密不透风
过程不重要了，你是父亲的女儿，母亲的
儿子，女儿的母亲，弟弟妹妹的姐姐
你是他们其中任何一个人的希望。
坚持了这么久，仿佛曙光就在前方了
口罩包围了你的面颊，你彻夜难眠
疫情还在，你已经连着站了无数个小时
你的眼窝深陷下去，你在坚持
一天接一天，直至无数个日夜
哦！你是我的兄弟姐妹，奋战在一线
很多人都说你是最美的那颗星辰
因为他们相信星辰具有天使的光芒
江汉平原有千顷粮仓和淳朴百姓，你视为衣食父母
中原大地万家灯火你用生命坚守着第二个故乡
这样的故事太多了，从南到北很多足迹
你捐出了你的时间，这生命的同义词
从古至今，救人于水火的必定是为众人抱薪者

你的眼神无比坚定，你的脚步充满力量。
你说，医者仁心，病患就是亲人
你说，没有大家，何来小家。大家都在一条船上
时间是最真切的记忆，关乎你我他
这些记忆不是冰冷的数字，是令一个春天泪流满面
的疼痛——
这些疼痛及时得到确认——
船还未靠岸，李文亮走了。他多么热爱武汉啊！
钟南山说：武汉，是一座英雄的城市
只是不小心摁了暂停键——在春暖花开之前
需要庄严的仪式接洽，需要等待
不管怎样划动，生命都是一场失去
有一位“九零后”女护士为了穿“防护服”方便
剃光了她的一头秀发
有一位老人，在大半个中国奔波往返
不停地挥手，挥手，挥手，不说再见

庚子岁时记

庚子年，荆楚大疫。武汉封城，华夏大地涌现万千平民英雄。我困在湘南乡村，匆匆写下如下文字。

时间走着走着就慢下来了。这一路上，花开，花落，春去，冬来，连接着你我的，是涛声阵阵，芦苇飘荡，春山寂静，杜鹃于野。独立河岸经年，留下来一张又一张老照片，有的还清新，有的已经泛黄。就像一封即将寄出的家书，刚刚落笔。

可是，每一个段落都很颠簸，甚至无法连贯。有时候，我们是那个唱歌的人；有时候，我们是那个流泪的人。

——题记

1

生命从来不着一字
每一次黄昏降临
总有荆棘遍及人间
只有时间告诉我一个事实：
桐花落时春风迟
时间真的慢下来了

一切简单得那么虔诚
雨季开始，积水没膝
如父亲所言，居所附近无竹

也是一大憾事
然而春天十分谨慎
东风缓慢越过渠沟

丘陵上的杜鹃就要吐蕊
旧屋前的新椿开始下沉
日子反反复复
需要一座山顶
大雪纷纷之时
需要一条河流

2

主任喊话：疫情严重，各家各户不得走动
村村巷巷的房前屋后
贴满了标语，喇叭齐鸣：
“谢绝来访
外来人员请回”

公历庚子年
农历庚子年
都是庚子年
就像孤独和烈焰
都是一种献身
暗疾交加，兵临城下
到处风吹草动
如果必须完成一件

自己不喜欢的事
最后的办法
就是面对它

3

得学会承受不能承受之轻
父亲用一生的经历告诉我隐忍
寒冷的夜里妹妹给我打了几个电话
我给父亲和弟弟打了几个电话互致平安
有一种树叫“寄生”，寄生天地间，旷日持久
的孤独，没几个人能懂。“那是我亲手种的
一棵树”——父亲的语气凝重
“它的年龄比你还大”
我将手中的诗集轻轻合上
有些倦意，无以为凭：空旷的夜晚
我的孩子早早睡了，睡得很香
四周一片静寂。像窗外的新年
我在无比巨大的夜幕上画了
一个月亮，尽可能靠近村庄。
无数个小心翼翼的时刻
堆积了生命的尊严与疾苦
不可说出来的事物那么多
湘南也多雨。释放出更多的寒意
由南向北，寒冷比想象得严重
各种消息如潮而至，眼下
只有两条路通往城里

它们横亘在大海的两端
很多事物暂时无法接通

4

给亲人发讯息问候平安
亲人都回复了
给朋友发讯息问候平安
朋友都回复了
没有回复的

他们可能还没看到

5

郴江无声
北山岿然不动
在每一个柏拉图的理想国
我们终身寻找归程
庚子年，我又老了一岁
对于一个漂泊半生的种花之人
没有比一路繁花更好的奢求
铺垫了整个夏天的雷雨层出不穷
记忆越来越缜密，只有时间
成了漏网之鱼

6

说起来惭愧
这么多年，我一直不敢直视苍穹
穹顶之下，春天盛大，我多么渺小
学着孩子扶墙走路的一生多么仓促
天地辽阔，都付与了流水
也一直不敢直视梦想啊
生命隆重，我那么卑微

7

这个春天有很多疑问
都是关于生命的
以前没有答案
现在也没有
不看书
不写字
陪老父亲聊聊天
父亲老了
他爱听薛平贵与王宝钏
喜欢粗茶淡饭
喜欢拉二胡
有时在他与母亲的合影前停留
良久，那时
他们供奉泥土，鲜花，马铃薯
他的肩上挑着粮食

从十一岁开始赶路，半个世纪
雨水变得越发透明
他的故乡从未抵达
他的世界越来越小
小得只有母亲。他越来越像小孩
在找寻丢失的钥匙
我们似乎帮不上什么忙
他明明记得一盒钙片摆放的位置
映山红有更长的花期到来
可是流水潺潺
时间总是越来越少

8

有人说故乡在哪里
家就在哪里
还有人说，此心安处是吾家
我觉得我这一生多么肤浅
这一生除了怜悯
我还有什么可以回想
梨花给乡村铺了一层洁白
截取的尘世不再被记起
我仍然在摸黑前行。脚下的马蹄莲
无边无际地蔓延
仿佛凌迟之刑。长夜漫漫
归途漫漫，我只知道终有一天
我们都会成为最想成为的

那个人

9

纪念

一些低温的事物
都是用来纪念的，比如沉默的
山顶，比如冬天的雪
在洞庭湖两岸，抱住了残缺
用铺天盖地的白

大寒已近，我用双手捂住气流
就等于捂住了荒芜
和人间肃穆。武汉距离湖南很近
就像庚子年离我们很近
就像迟到的春天
很多次经过门前
每一次都让我热泪盈眶

春风十里
都在等冬日解禁
洞庭湖上的麻雀呢
村里的干部每天值守
需要防疫的春天里
可以忽略不计的事物

越来越少
很多人戴着口罩
很多人不能言语
很多范围需要隔离
很多苦难需要收回

10

拥有花朵的人不需要神祇

身在故乡的人不需要故乡

某日

收到书橱之后
我顿然有些庄严感了
我有一些文字尚需订正
那些挤在狭窄角落的书本终于可以重见天日
一把钥匙给了它们栖身之所
屋后的草莓长出了小小的花朵
茶杯倒扣下阴影足以遮蔽一切
下午小妹路过我家，正碰到
两件不搭边的事一起来了
我们多日没有见面，她知道我的
家里还是老样子，而书柜和种草莓
都是在年前盼了好久的。她和我合作
铆钉与锤子的合作
灯与傍晚合作，像二十年前一样
我和妹妹相依为命，一起吃饭睡觉唱歌
那时候草莓与季节相守，在天黑之前
开出了一朵又一朵花蕾
等着明天的明天结果

五月的蔷薇

婆娑的树影被阳光筛选得过于单薄，它们的力量隐藏很深
我找不到更恰当的词来形容此刻，你想要的盛夏早已远去
青苔属于时间。村庄没有多余的空旷。所有的麦子都收割完毕
粮食也已归仓。秋天的原野上，季节的祭奠过于简单
丰收之后，再也没有多余的槐花以你期待的方式呈现
我们曾经那么熟悉的地方仿佛也没有多余的鸟类
哦，五月！被我咀嚼了千百次！然而与你没有任何关联
田野上乌鸦飞过，一半是水深火热，一半是荒草连天
还有多少事物可以用蔷薇命名，被我们举过头顶？一场大雪
抵押给天空就有一朝坍塌的险境。就像你我本如草芥的命运
“活着就是修行啊。”你说。你没有说，死亡也是……
蔷薇爬满了矮矮的院墙，五月时隐时现，闲散终日的
泡桐开始凋落，用我们想象不到的速度。九节兰、七里香争先恐后
在你的背影里生长。可以确定的是我为此哭过。可以确定三十年来
我们获得的骨骼并不完整，蔷薇非我族类。
人世间的黄昏总是这样：蔷薇让我们低于所有植物
不该折断的偏偏被折断，结局总是令人痛苦，任谁也无法释怀

世俗的生活一半仍然是水深火热，一半荒草连天
秋天过于漫长，山间的落果多半微苦
我不再强迫自己承认人间的荒谬：
风从涨潮的地方来，带来了无数灰烬
你看泪水多么咸，这是我们无法改变的事。

一株茉莉比任何时候都接近神

清澈宁静的早晨被一场骤雨打破
室内闷热，与后廊的清凉仅一墙之隔
檐下的雏燕在试飞，很快掉在地上
流动的雨水像要洗去什么

沉静的时刻有无数的隐喻指向天空
隔着枣树，栗树，或者槭树
有时候也有一些喧哗不为人知
在某个时刻与你擦肩而过

仍然需要记住一些美好
记住叶隙间漏下来的微光
记住五月的征候与繁花在这一天交集
这一天，一株茉莉比任何时候都接近神

端午辞

此刻，端午是所有卑微的源头。尤其是庚子年
菊花茶冷，生活的方方面面颇有隐蔽性
尤其是五月的江南，汨罗江上游
那一声断喝——
江上齐齐整整的龙舟可以覆手为雨
在一个遥远的年代，我还未出生
水涨船高的荒年有那么几个不甘寂寞的人
做了屈原，曹娥，介子推
想到自己身在楚国，理当亲近故乡
为年事已高的父母叩问天地，系端午索
佩香囊，抱艾草，举菖蒲，饮雄黄酒，收烈马
五月，女儿们不会像过去那样将
儿童送到外婆家。老家空置已久，远离了河流
紫薇树自持不住，像端午的雨水之势
我用茉莉代替行礼：母亲留下的嘱咐与牵挂
无须多余的表达，时候不早，山色依旧空蒙
这一天，天空总是比流水还低
万物保持匍匐前进的姿势，它们分蘖的速度很慢
直至花蕾长出雏形
直至被搁浅，才被人发现

彩虹
——写给路过村口的快递员

从南岭大道转入村道
雨势渐弱，香樟树再度合拢了时间
时间精确到秒，塞满了陌生的地址
可以想见，他的脚步匆匆而热切
每一条路，只为终日奔波地抵达
可以确定，经年累月，彩虹就是万家灯火
照耀着多丘陵的郴州。片区划分到村，有时候
快递量多，他开着面包车一家一家地找
有时候，他戴着黑色口罩，骑着电动车
只是千百次路过人间的信使。
他的手里有天南地北的惦念
一个也不能丢失
送了龙女温泉一带
就到下湄桥了
有一次，刚到门外天就下起了大雨
暮色降临，不知道这是他送的第几单
我再次认真地写下“佳茗”两个字
送给他一把权当遮风挡雨的伞
他几番道谢，用雨衣包裹好搁在车后座里的邮件
很快消失在村口

我并不知道他的名字
他却认识我：这里是属于他的投递点之一
这里有邮政车，中通，申通，韵达，百世，顺丰
这里有一道长而陡峭的坡
这里有火焰般绽放的蜀葵
靠山而居的三排乡居民房前
茉莉洁白无瑕，枣树挂满了果实
所有的迹象表明一切安好
这里隔着南岭大道遥望对面的苏仙岭
视野开阔，不用转弯抹角
就能看见横跨天际的彩虹

小暑辞

同茉莉相比
一棵结满果实的枣树
并不需要张扬。它的青涩
是肯定的，即便在小暑这一天
依然好不到哪儿。在梅雨来临
的时候不需要担心遗失的花瓣
泥土是它下坠的巷道，最多替它暂时存放
年深日久的奔驰。就像这些年，我
与故乡的关系：有无数个疤痕藏在深山
再多的跌跌撞撞都修复不了
遗忘是一件轻而易举的事
光阴似箭，至少这一点
是相似的：故乡不止一棵枣树
一处寺院，一方庙宇，一条河流
过了小暑，往后推开院门
在一首诗里，山色都很空，枣子都很甜
无数条通向远方的阡陌上
蝴蝶、萤火虫、枣树都像亲人
从现在开始
每一棵枣树有了重量
离我最近的更重
我还会想起小时候
我在一棵枣树旁仰着头

虔诚而又充满期待
等颜色金黄的那几颗枣子
落下来

大风歌

需要一个八月
让季节有片刻喘息，飓风过后
没有人知道无数个日夜，落下来的
枣核都与河流关联，需要远方
故乡的每一秒都经由此完成
坐在旧居院子里
天空蓝得令人绝望
灰喜鹊飞走后再也没有飞回来
只是入伏之前盛开的茉莉
虚构了一米阳光的时辰
温度比清晨的露水还凉
这个无人问津的下午
预感到从南方登陆的台风
行将经过郴州，它也必将经过
矗立于空中的树冠
终日錾铁凿石的人
他的城市乡村没落，再也看不到
稻田的辽阔，丰收的原野上
有荨麻草，也有洁白的丝绸
飓风过后，好像什么也没有发生
坐在旧居院子里，一幅绣品尚未完成
黎明向起早赶路的人迁移
阳光和果实

追逐蜻蜓的儿童高过了蒿草
父母耄耋将至
我们终其一生
爱多么奢侈

写给儿子

那是你珍爱的旧自行车
有两只齿轮深深的橡胶轮圈
你爬上顶楼坐在阳光下面——
它们静静地靠着墙壁不出声
你若有所思的样子像极了三十前的我
被一些莫名的问题难住：属于我的居所逼仄
没有退路，我正为生计发愁，前途不明
这些年来你看到，一个母亲时时渴望给未来
一双翅膀
她总是认认真真地整理叶落之时与花开之时
有时候山楂树结满了酸酸甜甜的果子
你喜欢这样的味道，生活告诉你的：
这个世界上的悲欢并没有一个标准
任何事物都只是相对的结果，包括饥饿
伫立在杜鹃花旁，春天的芬芳使你痛楚
有时候山泉汩汩涌出琼浆
你穿梭其间，像一条鱼
有时候天色黑得很早
你背着沉沉的书包赶往南方
印象深刻的几个不下雪的冬天
寒风吹在脸上，你的糖果已经不多
“我奉献了我的所有，没有丝毫隐私
五月的青葱依旧绵延不绝”

"明月几时有，把酒问青天……"
"长郊草色绿无涯……"
"但见群鸥日日来……"
"无限春风来海上……"
你是不是还记得这些句子在笔记本里
被你画线，轻易地打动过你
有时候，一切诗歌都不相宜
你的时间有属于你自己的鲜活
我在十八岁读过的青春之书
毫无悬念地落地，再次被翻阅
定格。直到现在，看到一场十分相似的成人礼
身为母亲，时间与我仿佛隔了一座山谷
我感觉到那些锐利的陡峭，一生无法推开
的部分，必须刀口舔血。妈妈吓到你了！可是
每一个人都有自己的缝补，让光阴不致碎裂
我牵过你的手在田野上看夕阳
那时候的日子过得很慢很慢
那时候我是个年轻的母亲，你才三岁
你的小脸蛋红扑扑像苹果，眼眸清澈得像湖水
脚步轻盈得像草地上放养的羚羊
你的字写得方方正正，安安静静写字的时候，你时常沉默
我还能想起好多好多难忘的片段，你的活泼，率真，微笑和哭泣……都那么可爱
你带回家里来的奖状，你捡回来的小瓷人，你种的小楠竹
那时候，你的小盆栽生机盎然，浮萍，兰草，仙人球，爬藤……
时间过得太快了我的孩子！快得令人恍惚。

那是你闲余时拨弄的唯一的一把木吉他
音乐悠扬，可以穿透黑夜啊
十七岁的你唱着：“像风一样
你靠近云，都下降……
你掀起千层海浪……”
那一刻我忽然泪流满面。
我们有过不多的梦境，一株茉莉开出了洁白的花朵，露水悄悄落下来
一个又一个暮春的午后，山下有风吹过
小小的院子里有压水井，伏地草，游走的猫
院墙外是大片的田野，蔚蓝的天，浮动的云
每天要写的试卷堆满了书桌，冬青树上的燕子在唱着歌
“妈妈，你看，我在院子前面的田埂上……”
我总会想起我的学生时代，我对母亲也是这么依赖
中考，第一次模拟考，第二次……第N次……
高中三年如此紧张，你从来没有让我失望过。你调的闹钟
按时起床、午睡、晚自习，周末打球，爬山，弹吉他
那被田野环抱的学校真令人满意。你的生活简单而快乐
我偶尔会想起那一段时光，那么青葱
家乡一块土地上成垄成行的青葱
想象中你独自完成一次次长跑。汗水混合风声
抚摸我的鱼尾纹，带给我特别的气息。孩子啊
你银铃般的笑声回荡在秋千架上，童年早已成为一首歌
你延续着我没有的一切
你的眼睛里也闪烁着星辰。香樟树高举着花冠
我试图用一整个下午画出那些色彩，写下那些光泽，认定那些温度

总觉得不够准确。生命中特定的一些时刻
总会细如发丝。我们会有一次次告别
并用笛音铺垫，我会拼命咬紧嘴唇
忍住不舍。你不说出来我也知道
你想去的地方仍然在远方等着

成长简史

我像相信一株茉莉一样相信这个世界
即使一朵茉莉的虚构唤醒了我的宿命
即使我的宿命只是我今生的匮乏
看着我长大成人的人，戴着镣铐跳舞
尽力消除她的身份，包括一生的花朵
母亲每天早起给菜地浇水，继续开垦荒地
推动着土砖房里沉重的石磨，等着豆浆成型
天空包裹了群山，去山脚下的井边打水
从来没有好走的路
从来没有人告诉我好走的路，母亲也不说
这无尽的笔触也抵达不了的深渊
是落日余晖下的麦香摩挲。我相信此刻
一个伟大的时代原谅了万物的诉求，以至于那么多
尘世之美拦也拦不住，即便一生孤独
是我们的结局。
这个时代纯粹的孤独是罕见的
数里地外山坡上槐树的气息
千里迢迢追过来的刺骨的秋风
一本三十年前收藏的线装书上
斑驳的烫金的四个大字——
在一次次铺天盖地的大雪中
流失殆尽。后来的春天让人惶恐不安
七月犹如重生一次，这举重若轻的一生

都与茉莉有关，种种种种，凋落，留白
雨季与枯水期……我已经无力去改写了
这属于我的一生，只能原封不动留着

世界如此宁静

所有的蝉在尖叫，接着暂时停歇；
在大部分时间里，我们并不存在；
春天在哪里？没有人知道它曾经来过
这跟落荒而逃的蚁族一样；同时
在某些时间，有你而没有我；
这跟开到凋零的映山红一样；
在另一些时间，有我而没有你；
生活不得不错过无数次久违的重逢；
不停地错过，一再地错过；
再有一些时间，你我都存在
这跟银杏叶满天一个样——
满天都是小星星，散发出一种近似
菊花的气息。

第六辑　不被忘却的纪念

人世间的母亲

三十年前，紫薇的时光已是斑斓多姿
一圈一圈地向下，靠近地面，靠近打水的老井
人世间的母亲挑着一担青蔬走进一圈圈树影之中
叶隙之间漏下薄薄的日影，像振动翅膀的鸟巢
从山那边飞过来，等着田野上丰收的一刻，相信
接下来风吹过来，就回到了阔别已久的故乡
人世间的母亲走进去了，带回一年四季的收成
月光跟了一路，温暖地在她身旁长高
石斛兰盛开到天际，有些令人恍惚
希望总是在一筹莫展的时候出现
母亲赤脚走在铺满落叶的山路上，她的速度快
赶上夕阳下山的速度，天黑之前，可以投石问路
找到栖身之所。路途遥远，她投奔做木工活的父亲
学着用墨斗挑线，做桌椅板凳，做雕花大床，木桶
饭甑，斗车，茶几，装茉莉花茶的花钵……仿佛故乡还在
忘记了是如何吃饱了一顿饭，有儿女要养，丝瓜汤就白
米饭
已是奢侈。父亲吹笛十分好听。“月光下的凤尾竹”
是这个世界上最动听的曲子，农闲时他会重复地吹
给她听；他希望她是他身边唯一可信赖的人
他们合力栽了一棵冬青树，一起熬过寒冬
紫薇的时光已是斑斓多姿：三十年前

月亮倾巢而动，风风火火
奔跑在辽阔的大地上

父亲的前半生

父亲的前半生在家种地
种枣树，种番薯
种花生，艾草
也种玫瑰花
一个穷书生手无寸铁
他的本事都在田野上施展
春种，秋收，冬藏
每一步都走得艰难

他爱他的孩子们
他们把他灰色的日子涂成了金色
他爱比他更苦命的母亲
一生跟着他，建设新的生活
他们一起种玫瑰花
种花生，艾草
种番薯，种枣树
在秋天来临之前
将地上的果实拼命护住

另一种感觉

秋雁落下羽毛
月光落下阴影
树叶落在门前
花朵枯萎了
落在手心
落在池塘里
落在梦里
都是
同样的

缓慢

不被忘却的纪念

我的字典泛黄，从第一行到最末一行
都是同一个韵母沿习而来的古老传统
“陋室铭”三个字烟熏火燎
音色喑哑，被分割成多棱的几何六面体
分摊了几上一摞厚厚的不谙年月的报道
葡萄美酒夜光杯遗失经年

我居城中，本质上是一个孩子的母亲
心似铜镜，知觉是酵母，反射时有发生的
海啸、地震、空难、泥石流、
恐怖主义战争与饥荒
我竭力寻找一些安稳
在记忆的下一个驿站

紫丁香在季风中众说纷纭
一些茫然无序，纠缠一些少不经事的典藏
包揽雨季、残月、磐石、星辰和一座城
所有的蹒跚、羁绊、漂泊、滂沱、涅槃、
往事，直至生老病死
自我们脱离了母体，长大的过程无视童年

而颠簸奔波的路上
一直不停地补妆：

让最差的心情层层补水
拯救日益枯萎的皮下腺
让贫血的呼吸多一分红润
就算没有居所，常常租赁生活，寄售光阴

就算对开门的衣橱漆色零落
四处漏风，我纠结的是
我要穿什么，什么时候采菊东篱下
悠然见南山
棉絮在上，垫被在下，几件普通的
花色长裙，虚边的遮阳帽，菩提手串

四叶草胸针有些年头
水洗的牛仔衣晒足了太阳
樟脑球习惯的味道长留
消弭不了的烟草味
找不到归隐的借口
人生两面都是大过陌生的熟悉后

又大过熟悉的陌生
我一贯不是我
岁月的扉页翻过来
黑仿佛是白，六月也会下雪
时间只是色盲
一个人的天荒地老
晨昏的豁口种满茉莉
一朵花的世界被错放在别样的苍穹

那些不需要词语铺垫的盛开
占据了沧海桑田
由古及今复制人生
月圆或者月缺从来都在布防陷阱
总在一种密不透风里寻找弦外之音
童言无忌、口无遮拦的他们一直遵守契约
淡定，唯美，常常练习手心互搓产生温度
我已身陷囹圄。你的端庄让我不惑
痛并爱着
衣橱的简陋，旧式 T 恤的裁剪
连同身后的虚名

种植生涯

要从四十年前算起
祖母的菜地就在屋后
祖父的田野一望无际

暴雨如注，春天一次次打乱了阵脚
父亲在叹气。而我小小的心田里
仍有一颗种子
被温暖环抱

后来，母亲把不多的花种留给了我
从不担心它们有刺的部分。长达四十年
的种植，尽管小心翼翼，我也无从摘除

属于我们的疼痛

阵痛

接纳春天的一切，我是认真的
翻晒隔年的土地
播种，除草，修枝
剪死去了的根
流泪了
想念了
就把栀子花摘下来
用家乡的土包裹根部
用体温暖它
或植于窗前
或埋于地下

悲剧的诞生

我们惯于严肃思考
事件澄清之前的真相
在永恒的悲剧里
每一个人都是无辜的
至于希腊人的神话
具有纯粹而坚强的核心
从山脚下到山顶
苏格拉底主义者也不知道
后来会发生什么
只是我们知道
一个给予的人
一个无愧于心的人
会实现他们的设想

这些超越时间的存在
自有存在的意义，而无心之过
每天都在发生

书签

是一位八旬老人送的
还有一本用旧了的圣经
在我读过的书里的
第 8 页，第 28 页
第 38 页，第 45 页
或者最后一页夹着
那张小小的书签——
一端系着红色丝线。
轻轻打开上次读过的地方
引人注目的
是怀抱婴孩的圣母玛利亚
一脸温柔地驻足云端
慈爱地俯视人间
我相信她的力量
和书签的表面压花
的一株植物标本
有一种必然关联

小欢喜

多年以后
我们离开了老家
屋檐下的红灯笼落满了灰
乡村空守十六年的月亮
孩子们渐渐长大，像燕子离巢
那些年，旧居别无长物
几盆移植的茉莉花
一箱旧衣服。旧沙发，木架床
母亲为我买的新棉被，孩子小时候
坐过的摇篮，以及一些伤心的往事
那时候，每户人家都彼此熟识
过年的时候，邻居小袁最先贴对联，放鞭炮
接着在大厅里挂红红的“中国结”
不论年成怎样
我们都不会忽略新年的钟声：点燃蜡烛
在四方桌上摆上一桌子菜
辛苦一年了，一家人团聚的仪式感
比往常更动人

第一场雪

是命运给的。从我出生那一天
就来了。这是我的冬天

在往后的日子里，我重重摔倒
一生对抗风雪，努力爬起来

无限的时间看起来只是一个小范围事件
春天盛大起来，野草才会疯长

秋天盛大起来，寂寞才会蔓延
只是，蔚蓝色的天空飘来朵朵白云
好像与一场雪无关

雨水很轻地落下来，只是另一种形态的雪
是我一直希望堵住的一场喷薄而出的泥石流

直到很多年以后，续命中年的人
才知道，秋天的湖泊更寒冷
这是命运安排的
第二场雪

山河故人

一条河流的伤口知道自己的风向
我在河水里清洗一遍身体，伤口就结痂了
似曾相识的记忆围绕着天空展开
陈旧的册页，同时展开一卷山河
依次翻开其中的内容，时光斑驳
露出四十年来依然清晰的经纬

蕨类植物的气息一直提醒我
春天终将到来，并且成人之美
赐我以甘霖，彩霞，鲜花，让我
再一次成为母亲。我将布衣素履
踏水而歌。沐手抄经。并且种下草籽
成为自己的山河故人

原野之歌

有时漏水。箍环松动，不能承重
有时有瓦解的倾向
一只用旧了的木桶快速腐朽
伐木的人已经隐居多年
耳背，中风。有些脚步声隐约传来
歌声渐渐远去。停留在某个时空

草原有休牧期，牧草返青期间
牧民赶着羊群
向下一个草场迁徙
这时需要盛下更多的雨水
草原像另一个巨大的木桶
有时候是方的，有时候
是圆的

秋风歌

在季节里，秋风面无表情，一路捡拾回忆
也被回忆捡拾。金色的落叶用细节拼凑
一次归途，有时候像伟大的创造者
在靠近心脏的地方，有右手抚摸过的温度
有大半生急剧的起伏，和惊人之语
一只只候鸟准备撤离，屋檐下不再有雏燕穿梭
仍然有一些不可名状的盼望在天空盘旋
茉莉花开出了最后一朵
秋风攻陷了固若金汤的盐碱地，吹散了乌云
沿着光线铺就的阶梯，历史从此别开生面
一条河越来越有力。可以收放自如地
迂回向前。万物皆有迹可寻，我们没有地方可逃
悄悄躲在柴门后，草垛里，冬青树下
城市的一角……很快就被更大的迷茫笼罩
我们不知道天上的月亮，一直在跟踪太阳
终日弯腰劳作的父母亲一直数着谷粒
余生得走更远的路，才能走到一座山前
走到四十年前，我们出发的地方——
金色的原野被镰刀收割，留下更多的草垛
那被搁浅的褐色大地上，又多了一些壮美

一份旧报纸

没有新鲜事。都是
时过境迁后的灰尘
落落一地。你弹了简单的曲子
琴声喑哑，风从远处吹来
茶杯有盖子，把手向内
姿势都对，那时你坐在那里
读到一只蝴蝶越境的报道，眉心微微蹙了一下

一首诗的诞生

一直往前走。一直
铭记于心，那些麦浪
起伏，和那些握不住的悲伤

越过上帝的废墟

我在这样的时刻仍然
羞愧难当，像一条过冬的蛇
努力蜷缩不出
背负沉沉的烙印和
轻度昏迷
日夜伫立树下谛听
潜伏已久的蝉鸣
和它们小小的情绪
孤独感日盛。每当看到
行将开花的树种在迟暮的月色中
醉心于它们的天空
爬行动物噬咬桑叶的声音
像极了一望无垠的海面
涨潮的空隙——

风生百尺浪
云卷千堆雪
一个无名的诗人
为一场绝望的赴死
腾出了最后一块空地

寂静之地

世界上有无数的黄昏不可言说
包括那些触手可及的明亮
屋檐下的雨帘密不透风，像
洋槐树的孤独终老，始终
习以为常

一些果实落下来之后
八月渐渐接近尾声
寂静的秋天也有隐密的疼痛，我
能感受到的事实
与一滴露水十分相似

如今，不常联系的事物越来越多
我反复擦拭一扇窗户的玻璃
雨水正将它削薄。妹妹把一捧茉莉送给了我
同时，也把一季馨香赠予了我
在每一个白天与黄昏

我逐渐获得了多出的一部分

抉择

来自一树梨花，以及
早春二月的田野
一截时间的隐喻

春风十里吹过城市的角落
在一座山前杀了一个回马枪
一些短歌的序曲

在云层之上
让星辰苏醒的时分
也让路过人间的云雀惊慌

中堂零落，屋檐很低
燕子越飞越远了
所到之处皆是讳莫如深
的预言，来不及澄清

即使后来
在黑白琴键上滑落的
音符都一一落实
即使知道

这条悲欢交集的长路

早已不是你，也不是我
在走

每一条奔赴的河流在它们
开始之前，已经斩断了
退路，杜鹃花漫长的迁徙

让石榴羞愧
佛说：笑看花开，静赏花落
佛说：云很早就是云

花若在指尖上安身立命
树就是树，时间煮雨
从来无须细数滴落在叶隙之间
的每一个细节

秋天的身份

比绵绵细雨更多的凋落已成定局
一枚落叶追随一枚落叶
恍如七月的麦芒，从田野上开始落实
一个月，一季，或者更长时间

一些事物源于湖心，往往出口成颂
过多的支撑总会让某一次诚意落空
白色的云朵升起自你的眼底
起风的树梢不再有燕子的窝巢晃动

阳光在风中追逐
你以最快的速度进入核心
在寂寥的锦绣里，也像春天一样
秋天亿万次地来到人间
以蝴蝶的节奏，让桃花落了千百次
听雨的时候，你不必为所有的交替悲伤
落日苍茫于月亮圆满的过程
只不过是人生最常见的一种形式

背负不能背负的背负
秋霜，从来不会为一棵树改变什么
一些本该噤声的词语也耻于为雏菊说出来
黄叶纷纷，从来不是原来那一片
时光也一样

秋色有几重（代后记）

一株草对一株草，一棵树对一棵树，甚至秋风对花朵都有太多亏欠。对命运的眷顾，守候着的都叫孤独。云总是愧对雨的，因为它们的溃散。树犹如此，在整个秋天，无法拒绝的痛苦终于哭出声音来，而且引用了这一切想象，让数不清的情绪，终于清醒。终于相信，我是天生劳碌命。虚无的、无意义的负担紧紧追着我不放。也可以反过来说，是我紧紧追着它不放。

一件事能够完善解决，那是不算“忙”的。倘若到了该完善之时，仍然不得要领，那才是真忙。生活到了我这里，往往是后者。暮春已远，不觉秋分已至。早晚的凉意拂过我的世界，一阵沁人心脾的馨香钻入鼻子，潜入五脏六腑。村西头的老桂树适时盛开一树的金黄，这足够让人心旷神怡。毕竟，炙热的告别，盛夏仿佛刚刚离开。秋蝉也刚刚偃旗息鼓。

哦，不觉秋分了！感觉白露才刚到不久。被一些琐碎的事情萦绕身心，我感觉又苍老了一岁。

世间笔墨常常用“肃杀”“凋敝”给秋天贴上标签，在秋天的字典里，荒野遍地，秋草枯槁，黄叶铄金，都不是美意。冷落清秋节，一年更甚一年，每当这个时候，微寒袭人，各人有各人的追问和冷暖。

这时候，去山里最能体味萧瑟气象。枯藤老树昏鸦把好端端的森林系换了行头。就连吹过耳际的山风似乎都带着苦涩。杉林兀自青葱，油茶林也已挂满累累硕果，等着寒露和霜降节气的莅临。于是，秋季相对富足。

相比于其他三季，我还是深爱秋天的。早晚气候转凉，茉莉的铺垫节制起来。常绿月季成了季节新宠，远远地就闻到了它的馨香，阳光也不那么炙热难耐，就着树荫，充满实时的温暖。光线斜斜地穿过树梢，笔直如弦，我已经在心里弹奏了无数遍。

记忆永远绕不过去这些明亮又伤感的音符。人们都忙忙碌碌，没有他们做不好的事情。禾坪忙时晒谷，闲时晒花生、晒茶籽。父亲的马车要忙一个星期，山里的油茶才会全部摘回家。渐变色的木芙蓉开得十分热闹，我学会用木芙蓉花瓣做一碗汤，汤鲜味美。母亲更忙，她满脑子里想着采摘油茶的事，召集人手，准备粮油蔬食，和父亲一起，撒网捕鱼，腌，蒸，熏柴火。剁椒之前已经腌制好，与熏草鱼块烹制是绝配的下饭菜。暮色中，炊烟从青瓦屋顶徐徐升起，忙完一天的活计，整个村庄的灯开始亮了，融入月色下竟是如此生动。

其实，衰草连天的景象并不多见。山野的菊花开得欢天喜地，天空的蓝没来由地让人动心不已。有一年，母亲因冠心病住了院，正是秋收时节，一向身子骨硬朗的母亲突然病倒了，她劳苦了大半生，步入人生之秋，不得不放下一切。很多事情做不了了，对于一向要强且勤劳的母亲来说，接下来的日子注定是难熬的。因病赋闲，让她很是失落。除了帮忙照看孙辈，就是忙家务，有母亲在，这个家才像个家。

这样的日子持续了多久，没有谁仔细在意过。秋天是金属季，对我来说，意义非同寻常。自从在一个冗长的秋日呱呱坠地的那一刻开始，我已走过了大半生的岁月，秋天是有回音的一季，带有母亲的血泪，今生今世，我都无法轻易告别的。

有木如桂，秋意几重？而等待太久，我已经不会抒情，面对逝去的时间，再没有了誓言。山还是山，青藤依然爬满了院墙；郴江仍然在送流水，枣树也在结最后一季果子，母亲走了，我们今生今世的告别就在白露成霜的季节。流水已远，栗树仍然有落不完的叶子。

很多日子就这么流走了，春山空落久，无法言传的是旧时光里，已然沧桑的心中，秋意到底有几重呢？